妹が「いらない」と捨てた伯爵様と
結婚したのに、
今更返せと言われても困ります

CHARACTERS
登場人物紹介
ジェレミー
若くしてオーウェン家を継ぎ、
その才覚を存分に発揮し
領地を盛り立てる超有能な伯爵。
裏ではかなり凄いことを
しているとかいないとか……？
ユリア
ブラクストン侯爵家の長女。
実家で長年虐げられ、愛に飢えている。
親に押し付けられた
領主の仕事を真面目に勤め、
領民からの信望が厚い。

ジェマ
ブラクストン家のメイド
三人衆の一人。
一見おっとりだが誰よりも鋭い。
ハンナ
ブラクストン家のメイド
三人衆の一人。
ユリアを狂愛する。
アニー
ブラクストン家のメイド
三人衆の一人。
口の悪さは天下一品。
ニーア
ユリアの妹。男遊びが派手。
ジェレミーと過去に交際していた。

妹が「いらない」と捨てた伯爵様と
結婚したのに、
今更返せと言われても困ります

プロローグ

「やぁ、これはこれは」

唐突な深夜訪問に、思い切り嫌な顔をされる覚悟で通された客間で待っていた。

けれど程なく現れたジェレミーは、清々しいほどの爽やかな笑みを浮かべて私たちを歓待してくれた。

「ようこそユリア。それにメイドのお三方。歓迎しますよ」

一切の疑問を差し挟む気配もなく、優雅にソファに腰を下ろしてにこりと微笑む。その微笑は、私の座るソファの後ろに立ったまま、警戒するように控えているメイドたちにも等しく向けられた。

「……もしかして、知っていらしたのですか」

その表情を見て、自然とそんな言葉が口からこぼれ出た。

何を、とは言わなかった。それだけで彼には伝わると思ったから。

だってあまりにもタイミングが良すぎるのだ。

確信の滲む私の言葉に、ジェレミーが苦笑する。

「否定したら信じてくれますか」

「ええ、信じます。なんのことか分からないとあなたがおっしゃるなら、きっとそうなのでしょう。私の考えすぎです」

もちろんその可能性のほうがよほど高い。

自覚はないけれど実は私は発狂寸前で、訳の分からぬ妄想でジェレミーを困らせているのかもしれない。そうでないと強く言えるほど、自分の冷静さに自信はなかった。

「突然現れて何を訳の分からないことをと言われたら、今すぐにでもこの場を去りますわ」

まっすぐにジェレミーの目を見てそう言うと、彼は苦笑の色を濃くした。

「黙っていようと思っていたのですが……」

視線を落として嘆息する。それから私の背後に控える三人に何やら意味ありげな視線を送って、最後に私に視線を据えた。

「フェアじゃないのでやはり白状します。それを聞いてから、これからのことを判断してください」

そう言うとジェレミーは笑みの気配を消して、これから語ることへの覚悟を決めたように、深く深く息を吐いた。

それはどこか諦念と自嘲の混じったような、複雑な表情だった。

やはりこれは彼の復讐なのだろうか。

もし、彼を捨てたというニーアへの復讐に利用されているのだとしたら。

私はそれを甘んじて受け入れるべきなのかもしれない。

◇◇◇

「ねぇ聞いてよユリアお姉様。彼ったら昨日もネックレスを買ってくれてね？」

妹のニーアが、可愛らしい顔を綻《ほころ》ばせながら話し始める。

「そのうえ薔薇の花束までくださったのよ。お花はもういらないって言ってるのに、『キミが綺麗だからどうしてもプレゼントしたくなってしまうんだ』って」

滑らかな頬を薄紅色に染め、ハニーブロンドの髪を指先でくるくるといじっている。こちらの事情もお構いなしで、聞いてもいないことを捲《まく》し立てるのはいつものことだ。男の人とデートをするたびに、プレゼント自慢だの愛の言葉自慢だのをしにくるのはそろそろやめにしてほしい。

ため息をつきたくなるのを堪えて、仕方なく耳を傾ける。

わざわざ私の仕事中に執務室に来て、来客用のソファにふんぞり返って益体《やくたい》もない話ばかり。たぶん、デートがない日はヒマなのだろう。

追い出したり無視したりすると余計に面倒なことになるから、仕事の手を止めずに適当なタイミングで相槌を打つ。たまに感心したり羨ましがるフリをしなければならないのが億劫だ。

生まれてからずっと両親に甘やかされてきた妹は、常に自分が優先されて当然だと思っている。そのうえ、姉の私を便利な小間使いか何かだと思っているのだ。

両親が私をそう扱う姿を見続けてきたから仕方のないことではある。私ももう慣れてしまった。

地味で面倒な書類仕事や領地内の視察、情報収集はいつも私。

美人で社交的な妹は、パーティーへの顔出しのような華やかで目立つことばかり。

当然、出会いは妹のほうが多い。というか私は皆無だ。

きっと妹は気に入った貴族令息に好きなように嫁入りし、私は親の都合のいい家格の釣り合った相手を見繕われて婿を取らされるのだろう。

侯爵家の長女だから、好いた相手に嫁がせろという気はなかったが、私の意見がまるで反映されないのは目に見えていた。結婚には夢も希望もない。

両親の妹贔屓《びいき》はニーアが生まれてからずっとで、今更抗議する気にもなれなかった。

書類へのサインが片付いて、一息入れるついでに彼氏自慢を続ける妹の話をもう少ししっかりと聞くことにした。

普段ならば風の音程度に聞き流してしまうところだけど、今ニーアがお付き合いしている人には少しだけ興味があったのだ。

「それで彼は宮廷料理人さえ恐れるほどの美食家だから、もう食べることは趣味というより人生なんですって」

素敵よね、と私にはあまり理解できないセリフを誇らしげに反芻《はんすう》するニーアに、おや？　と首を傾げた。

「伯爵様はオペラがお好きなのではなかった？」

「伯爵？　誰のこと言ってるの？」

前に聞いていた情報と違うな、と気になって問うと、妹は怪訝そうに眉根を寄せた。

「誰って……オーウェン伯爵様よ。彼の話をしていたのではなかったの？」

彼のことをしきりに話していたのは、つい先日のことだったように思う。

ニーアが彼を屋敷に連れてきた時のこともよく覚えている。しっかりと人の目を見て話す、落ち着いた感じの人だった。珍しく印象に残る方だったからよく覚えている。

「ハッ、いつの話をしているのよお姉様ったら。あんな地味でつまらない男、とっくに捨ててやったわ。今付き合ってるのはフェルランド侯爵家の方よ」

嘲笑を交えながらどこか得意げにニーアが言う。きっと前よりもさらに爵位が上の方とお付き合いできる自分が誇らしいのだろう。

その顔はひどく歪んで見えた。

——また恋人が変わったのね。

微かな苛立ちと共にそんな感想を抱く。

花よりも宝石よりも美しいと称される妹だが、時に醜悪に見えることがある。

そんなふうに思うのは、私の中の醜い心のせいだろうか。

「……そう。ほどほどにね」

ニーアに答えながら、思わず眉間にシワが寄る。

いつもはニーアの恋人が変わってもなんとも思わないのに、今日はどうしてこんなにささくれ立った気持ちになるのか。自分でもよく分からない感情の動きに首を傾げたくなる。

妹は十六で社交界デビューして以来、その美貌を生かして恋人をとっかえひっかえしている。妹の好みは分かり易く派手な容姿で、金払いも良く歯の浮くような愛の言葉を並べ立てるお金持ちのお坊ちゃんばかりだ。

正直、毎回紹介という名の自慢のために連れてこられても、歴代彼氏の顔の見分けはつかなかった。申し訳ないことに全員同じに見えるのだ。

そんな恋人たちの中で、オーウェン伯爵だけは妹の好みとは外れているように思えた。

ほぼ三ヵ月ごとに更新される男性遍歴はほとんど覚えていないが、彼だけはハッキリと記憶に残っていた。

妹に地味と評された容姿は、確かに派手ではないが整った綺麗な造作をしていたように思う。真面目な人柄がよく伝わる丁寧な喋り方をして、若くして伯爵家当主を継いだからか金銭感覚もまともで堅実なようだった。少し話をしただけで、彼の人柄に好感を持った。

親のお金をばらまいて遊びまわるような歴代彼氏たちに比べたら、確かにつまらなく思えるかもしれない。けれど妹もようやく身を固める前提で相手を探すようになったかと感心していたのだ。

それなのに、紹介されてからまだ一ヵ月も経っていないうちに別れてしまったなんて。

そこでイライラの理由に思い至る。

たぶんこれはそう、勿体ないと思ってしまっているのだ。ニーアがオーウェン伯爵と結婚しないことを。今まで妹が連れてきた中で、唯一と言えるくらいにまともな人だったから。

彼ならこの奔放な妹も落ち着くことだろう。そして妹が嫁いだ後も、我がブラクストン侯爵家と良いお付き合いを続けていけるはず。そう思える相手だった。

今自慢している彼氏はもう別人らしく、確かによく聞けばいつものパターンの軽薄なノロケだ。

どれだけお金を使ってもらえるか。

どれだけ素晴らしい愛の言葉をもらえたか。

それら全てが、イコール自分の価値だとでも言わんばかりだ。

まったくもって羨ましくもなんともないのだけど、妹は本気で私が悔しがると思って話しているらしい。まだノロケ足りない様子だったけれど、残念ながらそのなんとか侯爵様の話には興味が持てない。

時計を見ると、休憩から十分が経過していた。

次はミスの許されない経理仕事だ。さすがに喋り続けるニーアがいては集中できないので、適当なところで切り上げて部屋から追い払ってしまいたい。

「そろそろ真面目にやりたいから、お喋りはおしまいにしましょう」

「えぇ～、お姉様だって聞きたいでしょう？　フェルランド侯爵家のアンドリュー様よ？　とても素晴らしい方なの。今度連れてくるわね。お姉様にも紹介したいの。会ってくださるわよね？」

「はいはい。時間があればね」

「引きこもりなのだからいつでもヒマでしょう？　こんな雑用なんてパパッと片付けて、ニーアの話を聞いてよ！」

ニーアはどうしてもまだ自慢したいのか、不機嫌を隠しもせずに文句を言ってきた。

「では手伝ってくださる？」

にっこり笑って問うと、彼女は「そんな気分じゃないわ」とすんなり引き下がってくれた。一度だって書類仕事をしたことがない彼女には、任せたところで何も分からないだろうけど。

「もうっ！　お姉様ったら、かわいい妹の愛する人のお話くらい聞いてくださってもいいのに」

可愛らしくむくれて見せるが、微かに嘲笑の気配が含まれているのは見逃さなかった。

たぶん、私が妹の話に嫉妬して追い出したがっていると思っているのだろう。ただ純粋に興味がないだけなのに、こういうやりとりの積み重ねで、ニーアは私が彼女を羨んでいると判断しているようだ。

「あなたが幸せだというのはもう十分に分かっているわ。だから仕事をさせてちょうだい」

「ふん、もういいわ。お姉様といても退屈だもの。お母様にショッピングに連れてってもらおっと」

軽やかに立ち上がり、来た時と同様に挨拶もなく執務室を出ていく。

私は今更その身勝手さに呆れることもなく、ただペンを持つ手の動きを再開させた。

「……相変わらず、頭の中にお花が咲き乱れているご様子で」

書類仕事の整頓を手伝ってくれていたメイドのアニーが、閉じた扉に視線をやって冷めた口調で言う。

「アニー、言葉が過ぎるわよ」

小柄なアニーより頭一つ分高いしっかり者のハンナが、私のためにお茶を淹れ直してくれながら窘《たしな》めるように言う。

「ニーア様ってぇ、あたしたちの存在まったく見えてないですよねぇ」

のんびり掃除をしながら、おっとりした口調でジェマが言う。高い棚の上のホコリを取ろうと頑張っているけれど、大きな胸が少し邪魔そうだ。

「爵位の高い男しか見えない『特別性』の目を持っているのよ」

「あまり羨ましくない『特別』ね」

「あら、中身はともかく、金持ち爵位持ちの男を見つける目は確かよ？」

「頭にもお胸にも栄養がいかなかった分はそれですかねぇ？」

「……三人とも、外でそんな話をしたらダメよ？」

途切れることなく話しながらも仕事の手を止めない三人に、感心半分呆れ半分に注意をする。こんなこと、ニーアや他の使用人に聞かれたら大変だ。

「はぁい」

「わかってますってばユリア様」

「アニーはちょっと信用ならないわ」

「なんでよ！」

ハンナの言葉にアニーが驚いた顔になる。

「だってあんたたまに小さく毒づいてるじゃない」

「あ、それあたしも聞いたことあるぅ」

「ウッソいつ⁉」

彼女たちの軽妙な会話を聞きながら思わず笑みがこぼれる。

有能なメイドも三人集まれば賑やかだ。けれど彼女たちの騒々しさは、不思議と耳に心地良い。おかげで先程感じた苛立ちはすっかり影を潜め、妹の新しい恋人の名前もすでに忘れ去ってしまっていた。

妹の自慢話では止まりがちな私の手も、今は好きな音楽でも聴いているかのように順調にペンを走らせている。

家族の誰からも顧みられない寂しい屋敷の中で、彼女たちだけが私の心の支えだった。

第一章

　ふと手を止め窓の外を見ると、いつの間にか月が高くまで昇っていることに気付く。ペンを置いて軽く伸びをすると、身体のあちこちがパキパキと乾いた音を立てた。書類はだいぶ減ったけれど、まだ寝ることはできなさそうだ。

　成人してからも両親に逆らうことなく黙々と過ごすうち、二十一歳の誕生日を迎える頃には家の仕事はほとんど私任せになっていた。いずれは婿を取って私が家を継ぐことになるのだし、その点に関しては別に不満はない。ただ、さっさと相手を見つけてくれないことには跡継ぎも残せない。もう誰でもいいから婿を連れてこいという投げやりな心境になっていたけれど、両親は相変わらず妹に夢中で私のことはほったらかしだ。

　何も変わらない状況に、ため息しか出てこない。

　お父様たちはブラクストン侯爵家を潰してしまう気だろうか。それならそれで、私の気持ちは楽になるのだけれど。

　そんな縁起でもないことを思いながら、目の前に積み上げられた書類をハンナたちと地道に片付けていく日々だ。

　そうして夏が終わり秋も半ばに差し掛かる頃、ニーアが珍しく体調を崩した。両親とニーアが参加予定の舞踏会を明日に控え、その準備を楽しげにしているのを横目に、領主の業務をこなしていた中でのことだった。

「大丈夫かいニーア。私の可愛い天使。ああ可哀想に。こんなに苦しそうなのに代わってあげることもできないなんて」

「ニーアちゃん、欲しいものはなんでも言うのよ？　フルーツなら食べられるかしら。それともお菓子がいい？」

ベッドに横たわるニーアに、甲斐甲斐しく世話を焼く両親を見てため息が漏れる。彼らはニーアがもう小さな子供ではないということが分からないらしい。

書類にどうしても父のサインが必要で、執務室にも部屋にもいなかったからまっすぐ妹の部屋に来てみたらこれだ。父も母も、この世の終わりみたいな顔でニーアのベッドに貼りついている。

「……お父様。こちらにサインをいただきたいのですが」

「うるさい！　この状況が見えていないのか！　妹が苦しんでいるのにサインだと!?　そんなものお前で勝手にやっておけ！　まったく悪魔のような娘だな……」

いくら待っていても終わりが見えないので入口から遠慮がちに声をかけると、父が振り返りものすごい剣幕で捲し立ててきた。

こんな状況で仕事の話をすれば、邪険にされるのなんて分かりきっていた。けれど急ぎの用だったから仕方なく来たのに。娘可愛さで、公文書偽造を当主自身が進言するなんてどうかしている。

ため息を通り越して頭痛がしてきた。

「ああニーア……明日はせっかく大規模な舞踏会だったのに……おまえを見初めるものがたくさんいただろう……かわいそうに……」

もう私との話は終わったとばかりにベッドに向き直り、目に涙を浮かべながら父が言う。

これ以上彼氏を増やしてどうする気だろう。

冷めた頭でそんなことを思う。

父はニーアの男遊びがそこまで激しいのを知らないから仕方ないけれど。

一年前までなら、スパンは短くとも、一応その時どきに一人としか付き合っていなかったニーアも、今では余裕の同時進行だ。たぶん、うっすら記憶に残っている限りでは、今すでに五人と付き合っているはず。一人か二人は私が知っている時点から入れ替わっている気もするけれど。

正直、毎日のようにとっかえひっかえしてたから、さすがに疲れが溜まって風邪を引いたんじゃないかと思っている。

もうすぐ冬だ。最近は朝晩冷えるようになってきたから、そのせいもあるだろう。

「ニーアちゃんなら王侯貴族の全てのハートを射止めたでしょうに……」

大袈裟ではなく本気でそう思っているらしい母が、目許をハンカチで拭いながら嘆く。

「いいのよママ……今回のドレス、出来上がりを見たらあんまりニーアに似合ってなかったし……あれはお姉様に譲ってあげて……暗い色だからきっとお姉様にぴったりだわ……」

わざとらしいくらい弱々しい口調でニーアが言う。食欲がないのは本当らしいから仮病ではないのだろうけど、弱ってなお私を馬鹿にすることを忘れない。ベッドから起き上がることもできずにいるにもかかわらず私を嘲笑う。

それさえも両親には天使の微笑みに見えているのだろう。

「そうね、ニーアちゃんにはもっと明るくて華やかな色が似合うわ。次のパーティにはまた新しいドレスを仕立てましょうねっ」

「優しい子だニーア。こんなにつらい時にも人でなしな姉に施しを与えてやるなんて……！」

感極まったようにニーアの手を握る二人に、馬鹿らしくなってとうとう部屋を出る。

領主様のお許しも出たことだし、私が書類に父の名を書いておこう。

早く仕事の続きをしなければと足早に廊下を歩く。

ふと足を止めて俯《うつむ》いた。視界がいつのまにか暗い。

外はもう夜だ。窓からはわずかな星明りしか入ってきていない。

短くため息をついて、明かりの満ちたニーアの部屋とは対照的に真っ暗な廊下を再び歩き始める。

私の執務室に続く廊下はいつも暗い。屋敷の隅っこの自室兼執務室。両親や妹の部屋とは遠く離れた場所にある。他に誰も行かないのにもったいないからと、廊下に明かりを灯すことも許してくれないのだ。

妹が体調不良を訴えれば、両親はあんなふうに飽きもせず妹の部屋に入り浸り、自ら世話を焼いている。

私が一週間床に伏せるような病気になった時には、親しくもないメイドが出入りするのみだった。

その頃すでにジェマたちは仕えていてくれたのに、彼女たちが出入りするのをニーアが意地悪で阻止していたのだ。ロクに身動きもできない高熱の中、耐えがたい孤独を与えた張本人は今、両親だけでなくお気に入りの使用人たちに囲まれている。

妹はパーティーのたびにドレスを新調してもらえるのに、私は妹が気まぐれにくれるお下がりだけ。姉なのにお下がりなのだ。それさえ着ていく場所がない。

その扱いにはもう慣れたつもりでいたのに、こうやってあからさまな差別を目にすると、どうしても気分が沈みがちになってしまう。

馬鹿みたいだ。何をまだ期待なんてしているのだろう。

泣きそうになるのをぐっと堪えて歩き出す。こんなことでへこんでいる場合ではない。

執務室に戻れば、今日中に片付けなくてはならない書類が山積みなのだから。


「ああユリア様！　いかがでしたか？」

部屋の扉を開けると、パッと明るい光が目に飛び込んで、アニーが心配そうに駆け寄ってきた。

「廊下はお寒かったでしょう。何度か様子を見に伺ったのですが、埒が明かなそうだったので」

「せめてもと思ってお部屋を暖めておきましたぁ！」

ハンナがカーディガンを肩に掛けてくれて、ジェマが敬礼の真似事をする。その言葉の通り部屋の中は暖かく、いつの間にか強張っていた身体から力が抜けていく。

「……ありがとう。おかげさまでなんとかなりそう」

使い古された私のカーディガンはところどころ毛玉ができていたけれど、とても暖かかった。

◇◇◇

窓から差し込む日差しをそのままに、書類にペンを走らせる。

少し眩しかったが、カーテンは開けたままにしていた。陽光の刺激で、まだ眠い頭が冴えていくのが好きだった。

「何をしている。早く着替えなさい」

「は？」

唐突に執務室のドアが開いて、仕事中にもかかわらず父が不機嫌な顔を覗かせた。

「着替えならもう済ませておりますが」

「馬鹿が。そんなみすぼらしい格好で何を言う」

冷たい目と声で見下すように言う。

みすぼらしい服しか与えてこなかったのは自分たちのくせに、なぜそんなことを言われなくてはならないのか。ニーアの十分の一でも服飾費を割いてもらえていたら、擦り切れた服を繕う必要もなかったのに。

「髪も顔もひどい。メイドをつけてやるから昼までになんとかしてこい」

「ですから、さっきからなんなのですか。いつもと同じように仕事をしているだけでしょう」

「いつもとは違うから着替えろと言っている。頭の悪い奴だ」

顔を歪めうんざりしたように言われてカチンとくる。説明不足なのは明らかに父のほうなのに、なぜ私が侮辱され続けているのだろう。

自分に非はないのに、言い返す勇気はなかった。文句を言えば簡単に捨てられてしまう。小さい頃から本能的に分かっていて、我慢するのが癖になってしまっているのだ。

「……察しが悪くて申し訳ありません。今日は、何か特別なことがあるのでしょうか」

怒りを抑え込んでなんとかそれだけ口にする。

父はわざとらしく深いため息をついた後、「反抗的な娘だ」と呟いた。結局は私が何を言おうと気に食わないのだろう。

「心優しいニーアが、自分の代わりにお前を今日の舞踏会に出席させてやれと言った。出会いのない可哀想なお前を慮《おもんぱか》ってな。感謝しろ」

そんなこと言われても、余計なことをとしか思えない。

ニーアのことだ、絶対に気遣いや優しさなんかではないはずだ。きっと初めて華やかな場に出されて戸惑う私を想像して楽しんでいるのだ。それに、場違いな私が惨めな思いをするのを期待している。

ニーアの考えることなんて簡単に分かった。父と母だけがニーアの無邪気な演技に騙されて、いつまでも夢中で可愛がっていられるのだ。

「……ニーアの体調はまだ戻らないのですか」

「お前と違って繊細な娘だからな。屋敷に一人残していくのは心配だが、どうしても外せない夜会だ。可哀想だが仕方ない。メイドたちに手厚く看護するよう言っておいた」

　本当にひどい扱いの差だ。わざわざ見せつけてくれなくていいのに。

　私が病気で臥《ふ》せっている間、ニーアと三人で旅行に行ってしまった人のセリフとは思えない。

「お父様たちだけで行かれればよろしいのでは？」

「可愛い妹の気遣いを無碍《むげ》にする気か。まったくどこで育て間違ったんだ……優しさの欠片もないやつめ」

　育て方ならスタートの時点から間違っている。

　こんなにあからさまな贔屓《ひいき》がなければ、私も妹もこんなに歪んだ性格にならなかっただろう。

「それに今日の夜会は若い世代のお披露目会でもあるからな。お前程度でもいないよりはマシだ」

　私程度と言うが、ブラクストン侯爵家を継ぐのは私なのだ。本来なら妹よりも私を連れて行くのが正しいことなのに。妹可愛さに狂ってしまった両親は、それさえも分からなくなってしまっているようだ。

「……わかりました。では支度をして参ります。ただ、私はパーティに出席できるようなドレスを持っていないのですが」

「昨日のニーアの話を聞いていなかったのか。ドレスを譲ると言われただろう。新しい仕立屋に頼んだせいでニーアに似合わぬ失敗作だが、お前になら充分だろう」

　嘲笑うように言って、ようやく父がドアを閉めて廊下を引き返していく。その表情はニーアにそっくりだった。

結局、父は扉の前から動くことなく言いたいことだけ言って去ってしまった。私の部屋には、入ることすらしたくなかったらしい。

一人ぽつんと残されて、私は深く深くため息をつくことしかできなかった。


大きな鏡台の前に座らされ、慣れない状況に背筋を伸ばして固まる。

「ユリアお嬢様、眉間にシワを寄せないでくださいまし」

「は、はい！」

「ユリアお嬢様、肩が上がっていますわ。力を抜いてくださいな」

「はい！」

私の周りで、馴染みのメイドたちが忙しなく手を動かしては何度も注意を促してくる。

父は初め、私に敵意を持っているメイドをつけようとした。けれど彼女たち三人がそこに割り込んで立候補してくれたのだという。

数多くいるメイドたちの中で、彼女たちだけが変わらずに私に好意的で、今回のメイクアップやドレスアップを進んで引き受けてくれたのだ。

「ねぇアニー、このイヤリング、私には少し派手すぎない？」

「確かにお嬢様は清楚なのがお似合いですけどね。全部清楚にしたら男に舐められます」

「そ、そうなの？」

「チョロいって思われたら負けですよぉ。ただでさえユリア様、経験値ゼロなんですから」

「そ、そうね」

ごくりと喉を鳴らして居住まいを正す。二人の言うことはもっともだ。鏡に映る私は確かに自信のなさそうな顔をしていて、ジェマの言う「チョロい」女そのものだった。

「アニー、ジェマ。あんたたち脅すようなこと言わないの。お嬢様、あまり気負わないでくださいね」

「ありがとうハンナ。恥をかくようなことだけはしないように気をつけるわ」

励ますように言ってくれるハンナに頷《うなず》きを返す。その間も彼女たちの手は動き続け、私のメイクは順調に完成に近付いていく。

「でも、イヤリングは確かにこれくらい攻撃的なほうがいいです。チャラい男への牽制になりますので」

「……私にはよく分からないので、あなたたちにお任せするわね」

着飾ることの塩梅がまったく分からなくてお手上げだ。

テキパキと髪を結いあげメイクを施していく彼女たちは確かに有能で、完成のビジョンがすでにあるのか迷いはない。

「はぁ〜、それにしてもようやくユリア様を飾り立てることができて感無量です……！　ドレスも良くお似合いで！」

「これ、ニーアが気に入らなかったみたい。私は結構好きな色なんだけど」

すでに着せられたドレスの裾に視線をやりながら言う。まるで星のきらめく夜空のようなデザインだ。とても綺麗だと思うけれど、ニーアがいつも好んで作らせるような派手さではないから、彼女の琴線には触れなかったのだろう。

「そりゃそうですよ！　こんな上品な濃紺、あの下品な金髪には似合いません」

「ちょっとアニー、いくらなんでも言いすぎよ」

「いいじゃないちょっとくらい。ハンナは真面目すぎなのよ」

「でもぉ、確かにこのドレスだとニーア様のお肌と髪の色には合わないですよねぇ」

ジェマがおっとり言って、アニーとハンナが同意する。

「くすんで見えるわよね」

「老けて見えるわ」

容赦なく言って、後はもうニーアになど興味はないとばかりに私を褒め称えてくれる。

ニーアは美しい母譲りの明るいブロンドに血色のいい肌の色をしている。

対する私は父譲りのアッシュグレーに、外に出ないせいか不健康な青白い肌だ。

生まれた時から天使のようで、両親が妹ばかりをかわいがるのはよく理解できた。だからニーアのブロンドを下品だと言い捨てる人がいるのは衝撃だった。

彼女たちはいつも無条件で私を褒めてくれる。優しい人たちだ。家の中で家族扱いされない私を不憫に思ってくれているのだろう。自分たちの仕事もある中で私が孤立しないよう気遣ってくれて、いつも申し訳なく思いつつも感謝の気持ちでいっぱいだった。

いくら着飾っても、両親に愛されないのは分かっている。元が違うのだから、どんなに頑張ってもニーアのようにはなれないだろう。

だけど彼女たちが精一杯頑張ってくれている。

ならばせめて今日くらい、私だけは私を愛してあげよう。

そう決めて、鏡の中の自分から目を逸らさずにまっすぐ前を見続けた。


「……お綺麗です、お嬢様」

うっとりとハンナが言って、姿見に映った私に見惚れている。その頬は紅潮していて、とても社交辞令やお世辞には聞こえなかった。

気恥ずかしかったけれど、アニーもジェマも潤んだ目で何度も頷《うなず》くから、否定するのは悪い気がして「ありがとう」と言って微笑んだ。

胸の辺りは少し苦しかったけれど、コルセットやドレスのデザインのおかげか、鏡に映る私はスタイルがとても良く見える。父は失敗作のドレスと言っていたが、とてもそんなふうには思えない。こんな私でも、立派な淑女に見えるから不思議だ。

いつもは外に出ることもないので、ノーメイクにロクに手入れもされない髪、それに目立たないよう地味な服というのが常だった。ずっと座りっぱなしで書類仕事をしているからと、楽な格好ばかりだったのだ。そもそも手持ちの服自体少なかったので、選択肢さえなかったのだけど。

こんなに着飾ったのは生まれて初めてで、恥ずかしさが勝ってなかなか直視することができない。けれどハンナたちがあまりにも手放しで褒めてくれるので、素直に嬉しかった。

彼女たちの言うように、このドレスはニーアよりも私に合っている気がする。彼女たちがこんなに頑張ってくれたのだ、今日くらいは自惚れてもいいだろう。そのドレスの色は確かに私の髪や肌の色によく馴染んで、冴えない顔を引き立ててくれていた。

いつもニーアが好んで着るのはもっと明るいピンクやオレンジばかりだったから、もし今回もそうなら大事故だった。あんな明るい色は絶対に私には似合わないのだから。

彼が望むからそろそろ大人っぽい格好をしようと思うのよね、と少し前に言っていたような気がするから、その影響だろう。ニーアの彼氏という存在に、生まれて初めて感謝したい気持ちだった。

「アニー、ジェマ、ハンナ。本当にありがとう。みんなのおかげで胸を張ってパーティーに出席できるわ。遅めの社交界デビューになってしまったけど、恥をかかないように頑張って来るわね」

「恥をかかないどころか注目の的まちがいなしですよ！」

「うふふありがとう。そんなこと言ってくれるのはあなたたちだけよ」

「もう！　全然分かってないんですから！」

アニーが地団駄を踏むように言って、ハンナが諦めたような顔でアニーの肩を叩いた。

いつも私の扱いに不満を訴えてくれる彼女たちだから、初めて華やかな場に出る私が気後れしないで済むように励ましてくれているのだろう。

「ユリアお嬢様は世界一お綺麗ですよぉ。少なくとも私たちの中ではそれは絶対です」

「……ありがとうジェマ。みんな大好きよ」

少し泣きそうになりながらジェマたちを抱きしめる。

せっかく時間をかけてメイクをしてくれたのだから、それを崩さないように耐えるのに必死だった。

それからハンナたちに送り出されて両親の元へ行く。

けれど二人はちらりと私を見ただけで、すぐに興味をなくしたように目を逸らしてため息をついた。

「まったく大した素材でもないくせに待たせおって……」

「いいじゃないですかあなた。一生に一度のことで浮かれているんでしょう」

彼らの蔑むような言葉に、あんなに褒めてもらえて嬉しかった気持ちがあっという間に萎んでいく。

「ニーアに感謝することだな。ドレスのおかげで多少マシに見える」

「ドレスだけがまともに見えるのではなくて？」

ほほほ、と笑う母に、父が「それもそうか」と腹を抱えてゲラゲラと笑った。

悔しかったけれど、反論することもできずに俯《うつむ》く。

褒めてくれるなんて期待したわけではないけれど、少しくらいは何か言ってもらえると思ってしまった自分が情けなかった。

「お待たせしてしまい申し訳ありませんでした……」

あんなに褒めてもらって、少しは前向きに代役を楽しむ気持ちになれていたというのに、二人を前にするとどうしても萎縮《いしゅく》してしまう。

もう反論できる歳なのに、幼い頃の愛されたかった記憶が邪魔をするのだ。

「さぁ行こう。ニーアのいない穴を埋めることは無理でも、まともな受け答えくらいはするんだぞ」

「はい……」

ソファから立ち上がりながら釘を刺すように言う父に頷《うなず》く。

さっきまでの楽しい気持ちはすっかりなくなってしまっていた。

「せいぜい若い男に媚を売っておけ。陰気な姉がいると知れればニーアの価値まで下がるかもしれんからな」

「足を引っ張らないでちょうだいね」

私を見もせずに玄関に向かう両親の後にひっそりつき、惨めな気持ちのまま馬車に乗り込んだ。


遅ればせながらの社交界デビューは、想像以上のものだった。

王宮主催のダンスパーティーの、目も眩むような煌びやかさに圧倒されてしまう。

「何をボサッとしている。みっともないからキビキビ歩け」

冷たい口調にハッとして、つい止まってしまった足をなんとか動かし両親についていく。彼らはこれ見よがしにため息をついて、場に馴染めないでキョロキョロしてしまう私を最上の娯楽とでもいうように嘲笑った。

「まったく。田舎者丸出しで恥ずかしい」

「女としてはすでに薹《とう》が立っているというのに、自覚がないのかしら」

責めるように言われたって、社交の場での振る舞いさえ教えずに急遽こんな大舞台に立たせたのは父だ。せめて一週間の猶予があれば、自分で調べて最低限の身の振り方を学ぶ努力だってできたのに。

それに、どうせ結婚相手は親が決めるのだからと、社交界デビュー自体させてくれなかったのは母だ。私のドレスやメイク道具にお金をかけたくないのは分かっていたけれど、妹には何十着もドレスを与え、流行の変遷と共にメイク道具を一新するその贔屓《ひいき》ぶりを何年も見続けるのは辛かった。

女としてもう価値がないのだとしても、一生縁がないと思っていた華やかなパーティーに密かに心を躍らせることくらい、させてくれてもいいのに。

「ああ嫌だ。あの子のドレスを着せてもらったからって、それであの子と同じようになれたなんて図々しい勘違いをしないでちょうだいね」

それでもハンナたちが懸命に仕立ててくれた淑女の顔を崩したくなくて、俯《うつむ》くのを堪える私に母が追い打ちをかける。

「……分かっています」

ぎゅっと拳を握り締めてぎこちなく笑う。私がニーアみたいになれないことなんてとっくの昔に思い知っている。だからこれまで一度もでしゃばらずにいたのだ。

「ふんっ、辛気臭い娘だ」

ニーアのように明るい笑顔を作れない私に、父が苦り切った顔で言う。母が同意するように肩を竦《すく》めた。

私は逃げ出したい気持ちになりながら、結局は一歩も動けずに沈黙した。

「やあブラクストン卿。今日はニーア様はご一緒ではないのですか？」

ふいに陽気な声がかかる。父の表情が一変して、私の背後へ快活な笑みと共に片手を上げた。

「これはどうもハンプシャー卿。実はニーアは風邪を引いてしまいましてな」

「それは残念だ。可憐なお嬢さんに、ぜひともうちのぼんくら息子を紹介したかったのに」

ハンプシャー卿と呼ばれた、父と同年代の男性の隣にいた青年がぺこりとお辞儀をする。整った容姿に爽やかな笑顔。きっとニーアがこの場にいたら目を輝かせていたことだろう。

「はっはっはご謙遜を。ご子息の活躍は聞き及んでいますよ。いやしかしそうでしたか、まだうちの娘と顔を合わせたことはなかったですな」

にこやかな笑みを浮かべた青年が父と握手を交わす。慣れた動作だ。ニーアと面識はなくても、社交界が初めてというわけではなさそうだった。

「お噂はかねがね。さぞ美しいご令嬢なのでしょうね」

「いやいや。親の欲目を差し引いてもなかなかではないかな」

「まあ、あなたったら」

臆面もなく言い放つ父に母が否定するでもなくコロコロと笑う。それだけニーアを愛していて自慢に思っているということだろう。

「僕はそちらの美しいお嬢さんがニーア様かと思ったのですが」

ハンプシャー家令息が、人好きのする笑みで私に水を向ける。同時に視線が集まり、思わず身体が強張った。

彼は父たちの連れである私に気を遣って、お世辞を言ってくれたのだろう。優しそうな人だから、冴えない顔で黙っている私を哀れに思ったのかもしれない。

だけどそれは両親の機嫌を損ねるには十分だった。

「ははは。お気遣いどうも」

「いえ、気遣いなどでは……」

笑顔を浮かべながらも声のトーンが一段下がった父に、青年が戸惑ったような顔をする。

「確かニーア様にはお姉上がいらっしゃいましたか。社交界に顔を見せないのを不思議に思っていましたが、なるほど。これほど美しくては隠しておきたくなる卿のお気持ちも分かる」

その微妙な空気の変化に気付かなかったのか、ハンプシャー卿が闊達《かったつ》な笑い声を上げた。

「いやいやまさか。皆様にお見せするのも恥ずかしいような娘でして」

白々しく笑いながら父が言う。謙遜などではなく本気で言っているのはすぐに分かった。

「なにをおっしゃいますやら」

「本当ですのよ。ニーアと違って礼儀作法も身に付かず、暗い顔ばかり。社交界に相応しくないと持て余しておりましたの」

お恥ずかしいことですわ、と母が笑う。彼女の手に掛かれば、あっという間に私は無能でセンスのない愚か者に仕立て上げられてしまう。

「しかし、そんな無教養な女性にはとても……失礼ですが、お名前をお伺いしても？」

青年が気遣わしげに問うてくる。私はそれに答えていいのかも分からずに、ちらりと父の顔色を窺った。父は笑顔を貼り付けながらも、不機嫌な色を滲ませているのがよく分かる。

媚を売れと言ったのは父なのに、私に注目が集まるのは面白くないのだ。けれどそんな矛盾を突く勇気もなく、私は何も言えなくなってとうとう俯《うつむ》いてしまった。

結局はこうして両親のご機嫌取りばかりして、判断を委ねてしまう自分も大嫌いだった。

「……ああ失礼、先に名乗るべきでしたね。僕はディアン・ハンプシャー。よろしく」

沈黙を自分のせいだと思ったらしいディアンが、気分を害したふうでもなく名乗って微笑んだ。いたたまれなくなって、これ以上失礼な態度を取ってしまう前にもう一度父を見る。彼は面白くなさそうな顔で「早くお答えしなさい」と私を急かした。

「……ユリア・ブラクストンと申します。お会いできて光栄です」

父の態度は納得いかなかったけれど、これ以上彼に気を遣わせるのが嫌で、控えめに微笑みながら答える。すると彼は嬉しそうに表情を緩めた。

「ユリア様とおっしゃるのですか。美しいお名前ですね。あなたのその楚々とした笑顔にぴったりだ」

女性を褒めるのに慣れているのだろう。ディアンは恥じらうこともなくまっすぐに私を見てそう言った。

「もしよろしければ、僕と一曲踊っていただけませんか」

「えっ⁉」

唐突な申し出に素っ頓狂な声を上げてしまう。それがおかしかったのか、ディアンが破顔した。

自分のみっともなさに頬が熱くなる。

「それがダンスも下手くそで」

「ニーアならどんな曲でも完璧に踊れるのですが」

その不様さを嘲笑うように、父と母がここぞとばかりに私を馬鹿にする。そうして彼らは私への社交辞令さえニーアへの麗句に変えてしまう。私が褒められること自体が許せないのだろう。

「なんだ、そんなこと。それでは僕がレッスンして差し上げますよ」

けれどディアンにそんな空気は伝わらなかったのか、こともなげに右手を差し出し笑顔で言う。

「いえ、そんな図々しいことは」

「なぁに、そう心配召されるな。うちの息子はダンスだけは得意でね」

「だけだなんて。ひどいなぁ父上は」

仲の良い親子なのだろう。貶すような言葉にさえ愛情を感じて羨ましくなる。うちとは正反対だ。

「何をしている。ディアン殿の手を早く取りなさい」

「……では、お言葉に甘えて」

結局両親はディアンとハンプシャー卿の提案を無碍《むげ》にもできず、忌々しげな顔で私がダンスホールへと連れ出されるのを見送ることとなった。

「初めてのお相手が僕では力不足でしょうが」

親の視界から外れたのに私がいつまでも不安な顔をしていたせいだろう、苦笑しながらディアンが言う。

「いいえそんなこと！　私のほうこそ気を遣わせてしまい申し訳ありません」

「気を遣う？　なぜそう思われたのですか？」

「壁の花にならないようにしてくださったのでしょう？」

　ハンプシャー卿と父はそれなりに交流が深そうだった。その娘が恥をかかないように、彼は気を利かせてくれたに違いない。

「あなたが壁の花⁉　まさか！」

　ディアンが驚いたように目を丸くする。

「ありえない。あなたはご自分を知らなすぎる」

　断言するように言いながら、ディアンが綺麗な姿勢でポーズをとる。反射的に私もホールドを組んだ。

　同時に、今まで流れていた音楽が終わって、次の曲が流れ始めた。

「予告しましょう。このダンスを終えた後、あなたへの誘いは途切れることがないと」

　ディアンに合わせてステップを踏み始めると、緊張をほぐすためにか、彼が笑いながら冗談を言う。

「それこそありえない話だと思いますわ」

　それに苦笑して返す。何度かこういった場に顔を出して知り合いを増やしてからならともかく、知人もおらず、両親から進んで紹介されるわけでもない初参加の地味な女が、誰かの目に留まる理由はない。

「なんだ、お上手じゃないですか」

「ありがとうございます。こうした場で踊るのは初めてなので、少し恥ずかしいです」

とても褒められるようなステップではなかったけれど、若い男女のひしめき合うダンスホールではこれくらいでも悪目立ちせずに済んでいる。本当に、最低限のダンスだ。誰かと踊った経験はもちろんないし、人に習ったこともない。けれど窓から見えるニーアの練習風景に憧れて、漏れ聞こえる音楽で自己流で練習したのだ。見様見真似のシャドーダンスは虚しかったけれど、この場で大恥をかくことにならずに済んで良かった。

ディアンは話しやすい人で、ダンスの間も会話が途切れることはなかった。しきりに話題を振ってくれるのをありがたく思いながらも、男性との会話スキルのない私には頷《うなず》きを返すだけで精いっぱいだった。

ふと、この地味な人生の中で唯一楽しいと思えた男性との会話を思い出す。

内容は領地の運営についてだったから、今みたいに華やかなものでは全然なかったけれど。

ひどく味気ないものだったな、と今更気付いて忍び笑いが漏れる。

「ダンスも楽しいものでしょう？」

「……ええ、本当に」

ダンスに対してではなかったけれど、別のことを考えていたなんて失礼なことも言えずに頷《うなず》く。

会場に入ってから初めて出た自然な笑顔は、パーティーとはまったく関係ないものだったのがおかしくてまた笑う。

ディアンは満足そうに微笑み、最後まで完璧なエスコートでダンスをリードしてくれた。

曲が終わってもディアンの手は離れずに、しばし見つめ合う。

女性から手を離すのがマナーだろうか。どうしていいかも分からずにじっとしていると、ディアンが目を細めた。

「……本当に、美しい方だ」

「え？」

「もちろん見た目だけではありません。こんなに艶やかなのに驕《おご》ったところもなく、表情は可憐で、不思議な魅力がある。大人びていると思えば時々少女のようで、目が離せない」

次々と並べられる美辞麗句に戸惑う。どちらの親もいないところで、こんなに褒めてくれるメリットがよく分からないのだ。先程の会話から予想するに、たぶんこの方はハンプシャー家の嫡男だ。私相手に婿入りを狙っているわけでもないだろう。

「ええと、あの」

「あなたさえ良ければ、この後僕と」

「やあディアン。ずいぶんと楽しそうに踊っていたじゃないか」

不意に声がかかって、ディアンと同時に視線を向ける。その先には数人の男性がいて、いずれも身なりや容姿の整った華やかな一団だった。

「……これは、どうも」

ぎこちなく笑顔を浮かべたディアンが短く挨拶を口にして、するりと手が離れていく。

彼の知り合いらしい男性たちは、自信に満ちた堂々たる足取りでこちらへ近付いてきて、ディアンの隣に立つ私にまで愛想のいい笑みを向けてくれた。仕立ての良い服だけでなく、立居振舞からも爵位の高さを窺わせる。

「そちらのお嬢さんを私たちにも紹介してくれるかい」

彼らの中でも一番身分の高いと思われる青年が、断られるなんて微塵も思っていない顔で言う。どういう力関係なのかは分からないけれど、ディアンが一瞬だけ悔しそうに顔を歪め、それから再び爽やかな笑顔に戻った。

「……こちらはユリア・ブラクストン嬢です。なんとニーア・ブラクストン嬢のお姉上なのですよ」

「へぇ！　このご令嬢が⁉」

彼らは目を丸くして、私の顔をマジマジと見た。ニーアはやはり有名人らしく、彼女に似ても似つかない私が面白いのだろう。

「ユリア・ブラクストンと申します。以後お見知りおきくださいませ」

興味本位の視線が集まるが、物怖じせずに堂々と名乗ることができたことにホッとする。ディアンがリードしてくれたダンスで緊張がほぐれたおかげもあるし、何より両親の目のない場ではきちんと萎縮《いしゅく》せずにいられるらしい。

見知ってもらったところでまた社交の場に出られる日が来るとも思えなかったけれど、それをわざわざここで言う必要もない。それに彼らにもう会うこともないということが、緊張せずに済んでいる一因かもしれない。

「次は私と踊っていただけますか？」

ディアンに最初に話しかけた青年が進み出る。周囲の反応を見る限り、おそらくこの中で一番身分が高い方なのだろう。

「……ええ喜んで。お名前をお伺いしてもよろしいでしょうか？」

少し悩んで応じる。

それが正しい判断かは分からなかったけれど、たとえ間違っていたとしても、今は両親の元に戻りたくなかった。

「マクレガー侯爵家嫡男のアルバート・マクレガーと申します。どうぞバートとお呼びください」

自信たっぷりに差し出された手を取ると、ちょうど次の曲が始まるところだった。

「ディアン様、最初の一曲を踊ってくださってありがとう存じます。とても楽しいひとときでした」

ここまで連れ出してくれたディアンにお礼を言って微笑みかける。両親の目から解放された喜びが、少しでも伝わるといいのだけど。

「いえ、あの……こちらこそ、ありがとうございました」

ディアンが何か言いたそうに手を上げかけたが、結局は寂しげな笑みを浮かべただけで、何も言わずにその手を下ろした。


「ダンスはあまり得意ではありませんか？」

先程よりも速いテンポの曲調に、なんとかついていけているという状態を見抜いてバートが笑いながら言う。

「ええ、恥ずかしながら」

それでもバートのリードが上手くて、ギリギリのところで不様な姿を晒さずに済んでいる。

「あまり夜会がお好きではない？」

「というより、初めてなのです。社交の場に出るのが」

「なんと！」

恥を忍んで正直に答えると、バートが驚きの声を上げる。やはりこの歳で社交界デビューなんておかしいのだ。

「ではディアンが一歩先んじているというわけではないのですね。よかった」

「ディアン様は私が萎縮《いしゅく》しないよう気を遣ってくださいました。優しいお方です」

「確かにあいつはいい奴ですが、あなたは男心というものをもう少し知ったほうがいい」

私の言葉に、バートが呆れた苦笑を浮かべる。男心がどんなものかを、指摘通りまったく知らない私は首を傾げるばかりだ。

「しかしブラクストン卿も人が悪い。美しいあなたを大切にお屋敷に閉じ込めて、守っていたということか」

「大切、というわけでは……」

曖昧な笑みで誤魔化す。買い被りにも程がある。彼らにとって大切なのはニーアだけだし、単に私を表舞台に出すのが恥ずかしかっただけにすぎない。守っているのは自分たちの体裁とニーアの嫁ぎ先に繋がる縁だけだ。

「正しいご判断だとは思いますがね。実際、私たちのようなものに見つかったら厄介でしょうから」

「あなたたちのような？」

「美しい女性に目がない」

冗談めかしてバートがウインクをする。

バートもダンスが上手く、また口も上手かった。社交界というところは、女性を褒めるための語彙が豊富でなくてはいけないらしい。地味で目立たない私でもこれだけ言ってもらえるのだから、ニーアなどさぞ褒め甲斐があることだろう。

それに比べて、あの人は。

にこりともせず不機嫌そうで、社交辞令もなく、聞きたいことだけ聞いて帰っていた。

「ふふ」

仏頂面が脳裏に浮かび、小さく噴き出した。

どうしてだろう。今日は彼のことをよく思い出す。

「これはこれは。見惚れてしまうほどに美しい笑顔だ」

また別のことを考えてしまっていた私に、バートが嬉しそうな顔をした。そう言ってくれた彼こそが見惚れるような造形をしていて、そんな人からの誉め言葉はまったく現実味がなくて逆に面白くなってしまう。

「ニーアをご存知なのでしょう？」

会場の空気に酔ったのか、少しハイな気分で問う。バートは一瞬だけ目を泳がせた。

「え？　ええまあ。何度か顔を合わせたことが」

「あなたは我が家にはいらっしゃらなかったけれど。お名前は憶えておりますの」

ニーアの元恋人さん。侯爵家嫡男で、他の貴族令息からも一目置かれている権力者で、ものすごくイケメンだと、散々私の仕事中に自慢していたっけ。多分過去一番のお気に入りだったと思う。何度も聞かされて、さすがに彼だけは名前を覚えてしまった。

ニーアとの関係を知っているのだと匂わせると、彼は分かりやすく狼狽《うろた》えた。

きっと彼は妹とあまりに違う私を揶揄《からか》うために、興味本位で近付いて来たのだろう。

「ニーアの代わりが務まるとは思いませんけれど、お誘いいただけて嬉しかったです」

それでも壁の花にならずに済むありがたさに礼を言う。

ディアンもそうだが、好奇心だろうと面白半分だろうと、私にとってのダンスの誘いとは彼らが思う以上に大事なものだった。もし誰からも誘われなかったら、両親は帰りの馬車で散々に私をこき下ろして嗤《わら》っただろうから。

「……彼女は関係ないんだけどな」

「え？」

「そう言ってもあなたは信じないのでしょうね」

苦笑しながら、曲の終わりと同時にバートが私から手を離す。

「惜しいことをしました。最初に出会ったのがあなただったら良かったのに」

「次は俺と踊ってくださいますか」

しんみりとした口調で言うバートの背後から、先程彼の隣にいた青年が現れて愛嬌のある笑みで右手を差し出した。

どこか親しみの湧くその笑みにつられて微笑み返すと、彼はパッと顔を輝かせた。

「クレイ。少しは休ませて差し上げたらどうだ」

少し不機嫌そうに言うバートに、クレイと呼ばれた青年が軽く肩を竦《すく》めてみせる。

「やだよ。彼女と踊りたい男はそこら中にいるんだ。待ってたら夜が明けちゃう」

ともすれば軽薄に聞こえるその口調には、不思議と大切なメイドたちに通じるものがあって、少し嬉しくなる。

「私なら大丈夫です。バート様、お気遣いありがとう存じます」

クレイの差し出した手を取りながらバートに笑いかける。彼は微かに目を細めて、それから「本当に惜しいことを」と寂しげに笑った。


ダンスの相手は目まぐるしく変わる。時折視界に入る両親の不快げな顔も気にならなくなるくらいのペースだ。

最初のうちは物珍しさに躍った心も、一時間もしないうちに気疲れして萎《しぼ》んでしまった。

慣れないヒールで足も痛いし、さすがに少し休みたい。けれど社交界において見慣れない顔だからだろう、様々な年齢や身分の男性たちがこぞって挨拶に来るのに辟易してしまう。世のご令嬢たちはこのハードなやり取りを平気でこなすのかと思うと、もはや畏敬の念に近いものを抱いた。

話しかけてくる男性は皆愛想が良く友好的だったが、どこまでが本音なのかちっとも分からない。

アニーの言うチョロさとはこういうところなのだろう。打算なく話しかけてくれている人と、ブラクストン侯爵家への婿入りを狙っている人との区別がつかないのだ。あるいはニーアの心を射止めたいがためにまずは私から篭絡《ろうらく》しようという魂胆かもしれない。むしろその可能性のほうが高そうですらある。

彼らは私が名乗ると一様に「あのニーアの」と目を丸くした。私はあくまでもニーアのオマケでしかなく、熱心に誘ってくれるのはきっとニーアに近付きたいからなのだろう。

行きの馬車で両親に何度も言われた。お前に寄ってくる男などみんなそうだと。近付いてくる人たちがみんなそんな企みを抱えているのだとしたらうんざりだ。

それでもオマケ扱いしてくれるだけ、家族よりはマシなのかもしれない。

少なくとも彼らは私を蔑むような目で見ないし、ニーアに良く言ってもらいたいからか私にも優しくしてくれる。

それが嬉しいとは、これっぽっちも思えなかったけれど。

「おやどちらへ？」

「少し喉を潤そうかと」

「では私がドリンクを取ってきます。その後で私と踊っていただいても？」

笑顔を作るのにも疲弊して、人のいないバルコニーに逃げようとしても、話しかけてくる男性は後を絶たない。

「ごめんなさい。少し夜風に当たりたいので」

「まだ寒いですよ。僕のコートをお貸ししますので、ご一緒しましょう」

一人かわすとまた別の男性がにこやかに言ってきて、さすがに頭を抱えたくなってきた。こういう場に慣れた女性なら、もっと上手く回避することができるのだろうか。

「……ええと、実はとても申し上げづらいのですが」

とっさに思いついて、少しまぶたを伏せてはにかむように言えば、男性たちがハッとした顔になった。

「それは失礼を。場所はお分かりですか?」

「ええ。ご心配いただきありがとう存じます」

この広い建物のどこに何があるかなんてまったく知らなかったけれど、平然とした顔で頷《うなず》き、会釈と共にその場を辞する。彼は私の後を追ってはこなかった。

その演技の有効性を確信して、声をかけられるたびに化粧室に行くふりをした。そうして一人になれる場所をあちこち探し回って、ようやく中庭に逃げ込むことに成功した時には、もはや体力は限界を迎えていた。

外の空気はひんやりと冷たく、慣れない会話にのぼせた頬の熱がゆっくり引いていく。

木に囲まれた石畳の道を少し歩くと噴水が見えてきて、その周りを月明かりが優しく照らしていた。水音に誘われるように近寄っていく。屋敷内の喧騒から切り離されたその一角は、絵本の挿絵のような佇まいをしていて、私の疲れた心を少しだけ癒してくれた。

噴水のフチに腰掛けて、足を振り靴を脱ぎ捨てる。今日はヒールの高い靴だったから、ひどく足が痛かった。コロンと地面に転がったのは、妹が捨てる寸前だった靴だ。幸か不幸かサイズが一緒だから、お優しい妹様が恵んでくださったのだ。ちょっと前に飽きたとか時代遅れだとか言っていた気がするけれど、私が持っているどの靴よりもピカピカだった。

もう何度目かも分からないため息が漏れる。

やはり私にこういうことは向いていない。パーティーに妹ばかり出席させていた両親の判断は正しかったのだ。

血の滲み始めた踵を見て思う。

パーティー用の靴一つ満足に履くこともできない。ダンスも辛うじてリードについていけるだけ。所詮、私は執務室にこもって書類仕事と格闘しているほうがお似合いなのだ。

水音を聞きながら再びため息をついて、星空を見上げる。

「綺麗だわ……」

ひとり呟く声が虚しく響く。

無数の星がキラキラと輝いて、それはニーアがいつも自慢してくる宝石の山なんかより余程美しい。

だけど彼女は星空を見てもきっと、「だから何？」くらいの感想しか言わないだろう。

想像して少し笑う。

妹が欲しがるものは、私にとっては要らないものばかり。

妹が要らないものは、私が欲しくても手に入らないもの。

結局この手に掴めるものは、何一つないのかもしれない。

虚しくなって俯《うつむ》きそうになった瞬間、カツンと石畳を踏む靴音が聞こえて咄嗟《とっさ》に身構える。

「……っと失礼、誰もいないと思ったもので」

ガーデンライトに照らされたその人物は、落ち着いた低い声でそう言った。

その人の顔を見て思わず目を瞠《みは》る。

ダークブラウンの髪に理知的な黒い瞳。筋の通った鼻に薄い唇。

今日、何度も思い出しては不思議な気持ちになっていた彼。

それは去年ニーアが捨てたと言っていた、ジェレミー・オーウェン伯爵その人だった。

記憶と違わぬその姿に、驚いて無意識に立ち上がる。

「いえ、どうぞそのまま。こちらがこの場を去りますので」

それを見て私が移動しようと思ったのか、彼が制止するように言った。

「あっ、いえその、休憩に来られたのですよね？　どうぞ、掛けてください」

慌てて言って、自分の隣の辺りを指し示す。

動揺のあまり上手く喋れていないし、淑女の振る舞いではないのは自覚している。けれどどうしてだか、彼を引き留めなくてはと強く思ってしまった。

伯爵は少し戸惑った顔をした後で、女性に恥をかかせまいと思ってくれたのか「では遠慮なく」と言って、少し距離を置いて私の隣に腰を下ろした。

「……いい夜ですね」

「は、ええ、……そうですね」

少しの沈黙の後、気まずい空気に耐えられなかったのか、彼が静かに切り出した。その声は穏やかで優しく、私の動揺を少しだけ静めてくれた。

相手のことを知っているのはこちらだけで、彼は私のことなど覚えていないだろう。そう気付いたら、変に緊張をしているのが馬鹿みたいだった。

ほんの数ヵ月付き合っただけの恋人の、一度会ったきりの姉だ。覚えているはずなどない。そもそも私が覚えているのだって本当はおかしいのだ。だって妹の今までの彼氏なんて、ほとんどまともに思い出せない。それなのにどうしてこの人だけ。

「ああ」

ふと、彼が私の足元に視線を移して小さく呟く。

「足を怪我していますね。靴擦れですか」

「あっ……はい、すみません、お見苦しいところを」

放り出されたままの靴に気付いて顔が熱くなる。

まるで子供のようなことをしている。それを彼に知られてしまったのだ。

けれど彼はそんな私の動揺に気付かず、ごく自然な動作で私の前に跪《ひざまず》くように屈み込んだ。

「血が出ていますね。ちょっと失礼」

言って懐からハンカチを取り出して、ピッと半分に裂いた。

「足に触れても？」

「え、ええ、でもあのなにを」

慌てる私の足に、できるだけ触れないように気をつけながら、彼はハンカチを丁寧に巻いてくれた。それから転がったままの靴を、私のすぐ近くに揃えて置いた。

「これで少しはマシになるかと。後できちんと消毒をしたほうがいいと思います。女性は大変ですね」

「すみません、ありがとうございます……ハンカチ、必ず新しいものをお返ししますね」

「気にしないでください。お役に立てたなら良かった」

ふわりと笑って噴水のフチに座り直す。さっきより少し距離が近付いた気がして、緊張が増した。何か話したいのに、胸がいっぱいで上手く言葉が出てこない。それなのに聞きたいことや言いたいことが、後から後から湧いてくる。

彼はこんなにも優しい人で、それなのに妹はなぜ彼を振ってしまったのだろうか。

きっとひどい振り方をしたのだろう。あの子はいつもそうだ。別れる時には男性のプライドを傷つけるような言葉をわざわざ選んで、自分が格上の存在だと思い知らせてやるのだと言っていた。

姉として謝ったほうがいいだろうか。

でも、せっかく一年経って忘れられたかもしれない過去の古傷を、再び抉《えぐ》ってしまうことになったらどうしよう。

「妹さんはお元気ですか」

葛藤を否定するようなタイミングで問われて、ドキリと心臓が跳ねた。

まるで見透かされたみたいだ。

とっさに返事ができず黙っていると、彼が苦笑してみせた。

「すみません、覚えていませんよね」

「いえ！　あの、オーウェン伯爵様ですよね」

慌てて言うと、彼は驚いたように目を瞬いた後、嬉しそうに笑った。

散々美青年を見た後でも、やはりこの人は整った容姿をしていると思う。それに柔らかで美しい微笑みだ。あの時はこんな柔和な印象ではなかったが、落ち着いたトーンで話すのは変わっていない。

言葉の端々に知性を感じさせる彼は、その印象に違わず領主の仕事を精力的にこなし、先代よりもさらに領地を栄えさせているらしい。

妹と別れた後も忘れられず、噂好きのアニーの口から彼の噂を聞くたび嬉しい気持ちになっていたのはなぜか。

「そうです……よかった。忘れられていたらどうしようかと」

はにかみながら言われて胸が高鳴る。

そうして急激に自覚した。

今なら分かる。彼を覚えていた理由なんて簡単だ。

ニーアに恋人として紹介されたあの日、私は彼に恋をしていたのだ。

◇◇◇

不愛想な人だな、と初めに思った。

不機嫌なのかもしれない、とすぐに気付いた。

妹が彼を屋敷に連れてきた時のことだ。

「ほらぁ、ジェレミー様！　これが私のお姉様よ！　全然似ていないでしょう？」

ノックもせず、はしゃいだ様子で私の執務室に入ってきたニーアが、グイグイと腕を引きながら彼を連れてきた。

私は顔を上げることもせず、「またか」と心の中で思って小さくため息をついた。

「姉のユリアです。申し訳ないけれどご覧の通り忙しいのでお構いもできませんが、どうぞごゆっくり」

愛想の欠片もない言い方だという自覚はある。けれど両親が溜め込んだせいでうずたかく積み上げられた書類の期限は刻一刻と迫っていたし、何よりニーアの恋人に興味がなかったせいで、笑みを作る余裕も手を止める時間もなかった。

だいたいニーアの恋人が姉の私に会いたがるとも思えない。ニーアはただ冴えない私と自分を比べることで恋人に褒めてもらいたいだけだし、なんならついでに恋人と一緒に私を嘲笑いたいだけなのだ。そんなものにいちいち付き合っていられないし、まともに取り合ってそう何度も傷付きたくなかった。

「……ジェレミー・オーウェンと申します。執務中に大変失礼いたしました。ご無礼をお許しください」

思いがけず丁寧な言葉が聞こえて思わず耳を疑ってしまう。ニーアが連れてくる恋人は、みな判で押したかのように軽薄で無礼な人たちばかりだったから。

手を止めそろりと視線を上げれば、ジェレミーと名乗ったその人はむっつりと怒ったような顔で、まっすぐに私を見ていた。その理知的な黒い瞳を無言で見つめ返してしまう。

――ニーアの新しい恋人、よね？　今までと全然違うタイプだけど、もしかしたら恋人の従者の方とかなのかしら。それにしてはずいぶんと気品と威厳を感じるけれど。いつもの感じの恋人なら、この人と並ぶと見劣りするのではないかしら。ああでもオーウェンと名乗っていたっけ。オーウェン伯爵と言えば、このブラクストン領に隣接する形で領地を持つ領主だ。確かご両親を不慮の事故で亡くされて、若くして爵位を継いだと聞いていた。それならやっぱりこの人が。

そんなことをつらつらと考えていると、彼はニーアに視線を移した。

「ブラクストン嬢。お邪魔のようなので私は帰ります」

お付き合いをしているわりに他人行儀な態度に、少し違和感を覚える。付き合い始めたばかりというのは聞いていたけれど、今までの恋人は期間など関係なく人前でも平気で親密そうにしていた。オーウェン伯爵はそういったことを好まない人なのだろうか。それとも照れ隠しなのかもしれない。どちらにしろ、やはり何から何まで今までの人たちとはタイプが違う。

「んもぅ！　ニーアでいいって言ってるのに！」

ニーアが不満そうな顔をする。さりげなく二の腕に触るのはいかがなものかと思うけれど、彼女にとっては普通のことなのだろう。

「それに気になさらないで。お姉様はニーアとお話しながらでもお仕事できるのよ？　だってサインするだけなんですもの」

ニーアがクスクスと可愛らしく笑いながら言う。

「なのにお姉様ったらいつも大変なフリをするの」

もちろんサインだけでいいわけもなく、文書をよく読み内容を精査し、ブラクストン領に益のあることかを総合的に判断する必要がある。けれどそんなことを説明しても、ニーアが理解する気はない。何度言っても仕事中にお喋りをしに来るのをやめてくれないから、八割ほど聞き流しながら仕事をする術を身につけただけ。そのせいで余計にニーアが私の仕事を片手間でできるものとして侮るようになってしまったのだけど。

「領主の仕事のお手伝いをされているのでしょう？」

ため息を堪えて再び仕事に取り掛かろうとした私に、伯爵が静かに言った。

「えっ、ええ」

話しかけられるなんて思っていなかったから、慌てて返事をして居住まいを正す。

一貫して無表情だった伯爵が、微かに表情を崩した。それは笑みにも見えたけれど、些細な変化だったので本当のところは分からない。少なくとも、この部屋に入ったばかりの時より幾分機嫌が良さそうだ。どうやらニーアとの二人きりの時間を中断されて不機嫌になっていたというわけではなかったらしい。

彼は腕に絡み付いていたニーアをそっと押しやり、こちらへと歩を進めた。思わず身構えそうになるのを堪えて、彼の行動を見守る。

「失礼。こちらを拝見しても？」

まさに今取り掛かっていた書類に触れ、伯爵が問う。

「……構いません。オーウェン伯爵家からのご依頼のものですので」

「ああやはり。ルーエン川沿いの治水工事の件ですね。うちと連携して行えないかと打診をしていたものでしたね。見慣れた家紋が見えたもので気になってしまって」

「こちらもあの川の氾濫に手を焼いていたので、その申し入れがとてもありがたくて……最優先で当たらせていただきます」

他にも処理すべき案件はいくらでもあったけれど、やはり他領と関わるものの優先順位は高い。それなのに両親はその辺の雑多な書類と一緒くたにしてしまっていた。そのいい加減な仕事ぶりを見るに見かねて書類の山を分類して、この件についての書類の束を見つけた時には全身から血の気が引いたものだ。

幸い打診を受けてから日は経っていなかったので、今大急ぎで取り掛かっていたところだったのだけど、まさかその依頼者本人が目の前に現れるとは想定外だった。

「その判断をあなたが？」

「ええ……いえ、父が目を通す前に必要な書類を揃えておこうと」

探るような視線を受けてドキリとする。

私はあくまでも雑務の手伝いをしているだけ。父の体裁を保つために、対外的にはそういうフリをしなくてはならないのだ。

「……そうですか。優秀な娘さんをお持ちで羨ましいことです」

そう言いながらも伯爵の視線は少しも緩まず、あまり納得しているように見えないのは気のせいだろうか。

「しかしちょうど良かった。その件に関して少し補足したいことが」

「ではメモを取ります。少々お待ちを……」

不意に領主の顔になった伯爵につられて、すぐにペンと紙を用意して傾聴の姿勢になる。

伯爵の補足説明は端的で明快だ。彼の質問に対するこちらの回答にも、一を言えば十理解してくれるような頭の回転の速さで、仕事の話をしているというのに妙な小気味良さがあった。打てば響くとはこのことかと感心してしまう。

「ねぇ～、このお話まだ続けるのぉ？」

ほんの数分の間にもかかわらず、興味のない話にうんざりしたらしいニーアが、伯爵の腕に再び絡みついて甘ったるい声を出した。

「うちはお庭がとっても素晴らしいのよ？　そこでお茶にしましょう！」

そのいじけた表情は同性の身内から見ても魅力的で、男性なら誰もが彼女の言うことを聞いてしまいたくなるだろう。

残念だけど、この話はここでおしまいか。続きは後日、きっと書簡か、父に直接ということになるだろう。それまでに父にも分かりやすいように資料をまとめておかないと。

頭ではそう考えているのに、少しがっかりした気持ちになるのはなぜだろう。走り書きしたメモの整理をしながら不思議に思う。

「悪いがまだ聞きたいことがある。先に庭に行っててくれ」

けれど予測に反し、伯爵はまたもニーアを押しやり、彼女の返事も待たずに続きを話し始めた。

ニーアが思い切り私を睨みつけていたけれど、伯爵が仕事の話を優先させる以上、私はそれに真摯に応えるしかない。

「あーあ！　つまんないの！」

五分もすると伯爵を引っ張り出すのは無理だと悟ったようで、ニーアは不貞腐れた顔で私の部屋から出て行ってしまった。


伯爵との話はその後三十分ほど続いて、河川工事のことだけでは終わらなかった。脱線するうちに領内での悩みや愚痴を言い合う雑談にまで発展して、同情してしまうこともしばしばだった。

「では、そのようにお願いいたします」

「かしこまりました。必ず近日中にお返事いたしますね」

領主目線の話はとても参考になる。ずっと聞いていたかったけれど、そろそろニーアが我慢の限界を迎えて怒鳴り込んで来そうだ。ほどほどで切り上げなければならない。

「ああもうこんな時間ですか。結局お仕事の邪魔をしてしまいましたね」

時間を確認して伯爵が申し訳なさそうに言う。その表情には、心なしか親しみのようなものが生まれている気がした。

「いいえそんな。伯爵に直接質問できたおかげで、想定の半分以下の時間で採決に至れそうです」

それがなんだか妙に嬉しくて、自然と唇が笑みの形になる。ハンナたち以外とこんなふうに楽しい気持ちで話すのはずいぶんと久しぶりだ。

伯爵もそう思っていてくれればいいのに。

そんなことを思う。

「……やはりあなたが領主の仕事を」

呟くように言われてハッとする。

気持ちが緩んだついでに口も緩んでしまったらしい。

せっかく私が主体でやっているわけではないと嘘をついたのに。

この短時間で話しただけでも彼の察しの良さは十分に理解できている。きっともう伯爵にはバレてしまった。

「ど、どうかこのことはご内密にっ」

青褪《あおざ》めながら言うと、彼は微かに悪戯っぽい笑みを浮かべて人差し指を口許に当てた。

「ええ。それでは私とあなただけの秘密ということに」

その仕草と、少しトーンを落としたその声は鮮明に私の記憶に焼き付いた。

「名残惜しいですが、そろそろニーア様のところへ行きますね」

ニーアの名前が出た途端に無表情に戻った伯爵が、億劫そうな口調で言う。恋人の元へ行くのが嬉しくないのだろうか。それとも、やはりこれは彼特有の照れ隠しなのかもしれない。

不思議に思いつつも、彼を見送るために席を立ち扉へ向かう。

「私がニーアの機嫌を損ねてしまって申し訳ありませんでした。ご面倒をおかけしてしまいますが……」

きっと伯爵が来てもしばらく拗ねたまま我儘を言って困らせるのだろう。そういうところが男にとっては可愛くて堪らないのだとニーアは言っていた。きっと彼も困った顔をしつつ、ニーアの我儘を聞いてあげるのだろう。

そう思うとなぜか少し胸が痛んだ。

「いいえ。私があなたとの話に夢中になってしまったせいです」

扉を開けても彼はその場に留まり、まっすぐに私の目を見てそんなことを言う。

「とても充実した楽しい時間をありがとうございました」

彼の言うことが本心かは分からないけれど、私にとっては確かに充実した楽しいものだった。もっと話していたいという思いは、領主としての尊敬から来るものだろうか。人との交流に慣れていない私にはよく分からなかった。

「そんな、こちらこそ……あの、また」

言いかけて口を閉じる。

また、なんてきっと来ない。私が会いたいと思って会える人ではないのだ。彼は妹の恋人で、今日だって妹の気まぐれで偶然会えただけにすぎない。共同工事の打ち合わせだって、面倒な書類仕事が終われば私は用無しとなり、対外的な場には父が出るのだ。

「……共に領地を盛り立てていきましょうね」

結局は当たり障りのないことを言って、彼の退室を促すにとどめた。

ニーアの恋人なんてすぐに変わるし、彼と会うことはきっともうない。こんなこと覚えているだけ無駄だし、今は少しでも思考のリソースを仕事に当てるべきだ。

そう思うのに、彼を見送って執務室に静寂が戻った後も、上手く頭を切り替えられなかった。

いつもは恋人を紹介されたって、彼らが部屋を出た瞬間に私の頭は綺麗に仕事のことに塗り替えられてしまうのに、今日はそうはいかない。庭で楽しそうに話す彼らを想像しては胸の奥がモヤモヤしてしまうのだ。

またすぐに別れるという思いと、彼のような人となら結婚までいくのではという予感で頭がぐちゃぐちゃだ。妹が落ち着くのを喜ぶべきなのに、素直に喜べないのはどうしてだろう。妹が彼とすぐに別れると思うと、ホッとしてしまうのはなぜなのか。

その時の私にはわからなかった。

案の定、伯爵が帰った後にニーアの自慢話が始まった。それについ耳を傾けてしまうのが嫌で、けれどいつものように聞き流すこともできず、上手く自分をコントロールすることができなかった。

そのうえ伯爵を表面でしか見ていないニーアに、反抗心のようなものまで芽生えていた。彼が素晴らしい理由はそこじゃないのに、と。

誇らしげなニーアの言葉を、その日初めて素直に羨ましいと思った。

妹に嫉妬したのはあの一度きり。後にも先にも、あの日あの瞬間だけ。

ニーアになりたいと、心から願っていた。

◇◇◇

「あの」

無意識に口を開く。

深い考えがあったわけではない。衝動的な行動だ。

たぶん気付いてしまったのだ。これを逃したらもう会う機会はないと。

明日からはまた執務室でのつまらない毎日が始まってしまう。言うなら今しかない。

だからといって我ながら血迷っているとしか思えない。だけど一度口から飛び出した言葉は、もう止めようがなかった。

「私と結婚していただけませんか」

突拍子もないことを言っている。こんなセリフ、平坦な私の人生において言う日が来るなんて思ってもみなかった。

案の定、彼は驚いた顔でぽかんと口を開けた。

それはそうだ。一度会っただけの女なのだ。いくら覚えていてくれたといっても、顔を合わせたのなんて時間にしてほんの数十分のこと。会話の内容だって、領地のこと以外では気候やちょっとした愚痴くらいの、そんな些細で他愛もないことだけ。

たったそれだけなのに、どうしようもないほどにこの人に恋をしてしまった。

だから言ってしまった言葉に後悔はない。自分の意見をロクに言うことができない私が、心から言いたいことを言えた。もうそれだけで満足だ。

笑われても馬鹿にされても、どうせ今日限りのことなのだ。後はただ諦めの気持ちで俯《うつむ》き、彼の返事を待った。

それなのに。

「……喜んで」

数秒、何を言われたのか分からなくて呆けてしまった。まさかの了承に、今度はこちらがぽかんとする番だ。

正気に返って伯爵の顔を見ると、嬉しそうに目を細めて微笑んでいた。その優しい笑みに、しばし見惚れてしまう。

「……ニーアが仕掛けたイタズラか何かですか」

「あはは っ」

信じられないまま呆然と言うと、伯爵は声を上げて笑った。その子供みたいな笑い方がかわいくて、また見惚れてしまう。クールなイメージがあったから、そのギャップにさらに胸がときめいてしまった。

こんな表情が見られたなら、たとえ妹の企みで騙されたのだとしても許せてしまう。それくらいには得をした気分だった。

「妹さんは関係ありません。私個人の判断で、あなたと結婚したいと思ったから了承したのです」

「……だとしたら、あまりにも軽率な判断なのではないでしょうか」

信じられない気持ちのまま、自分のことを棚に上げて窘《たしな》めるように言う。

「会って二度目の男にプロポーズをするあなたがおっしゃいますか」

「それを言われてしまいますと……返す言葉もありませんわ……」

「ふふ」

責める口調ではなく、からかいを滲ませたその声に頬が熱くなる。

どこか上機嫌に見える伯爵は、私の手を取って指を絡ませた。

「本気にしてしまってよろしいのですね？」

彼は笑みの気配を消して、真剣な目でまっすぐに私を見つめた。

「……はい」

ぽうっとしたまま返事をすると、彼は安心したように目元を緩めた。

「では、後日正式に婚約の申し込みをしに参ります」

「えっ、あ、でも私はブラクストン家の跡継ぎでして、結婚となれば婿入りをしていただくことになるのですが」

自分で言っていて血の気が引いてくる。

勢いでプロポーズしてしまったものの、よく考えなくても彼はオーウェン伯爵家の現当主なのだ。それを捨ててブラクストン侯爵家に婿入りをしろなんて、初めから無理のある話だった。ともすれば彼のことを馬鹿にしているとも取られかねない言動だ。断られる前提だったからこそ、その辺の事情を吹き飛ばしてプロポーズなんてできたのに。

それなのに、なぜ了承の返事をくれたのだろう。とてもそうは見えないけれど、もしかしたら彼はかなり酔っているのかもしれない。

「あなた自身は継ぎたいと思っていますか？」

「えっ？」

けれどまたしても予想外の言葉に面食らう。

思わずマジマジと彼の顔を見ると、彼はいたって真剣な表情で、やはりどう見ても酔っ払いには見えなかった。

「それは……」

だから戸惑いながらもちゃんと頭の中で答えを探す。

そうして見つけた回答に、自分で愕然としてしまった。

ブラクストン家を継ぎたいなんて、一度でも思ったことはなかった、と。

幼い頃から親にそう言い聞かされてきたから、そうするのが当然だと思っていた。それに貴族社会は長子相続が基本だ。姉として生まれた以上、その責務を全うしなければならない。けれど次女とはいえ同じ貴族の娘なのに、なんの責務も果たしていない妹が好き放題して散財するのも、それを良しとしている両親にも、もういい加減うんざりしていた。

こんな家、無くなってしまっても誰も困らないのに。

本当は心のどこかでいつも思っていた。

「……いいえ。継ぎたいとは思いません。けれど私は長女なので」

だけどその状況を変える度胸も根性も私にはないのだ。長年疎外されてきた私の精神は、とっくに摩耗して反抗する力をなくしてしまっていた。

「やはり婿入りなどお嫌ですよね。軽率な言動をお許しください。今の話は聞かなかったことにしていただけますか？」

諦めて苦笑を浮かべる。

伯爵には守るべき家がある。それを捨ててうちに来いとは言えなかった。そもそもあの家族を伯爵に見られたくもない。それに私は彼を振った女の姉なのだ。さっきはその場のノリや酔った勢いで冗談半分に了承してくれたのかもしれないが、冷静になればきっと嫌になる。もしかしたら了承したこと自体、妹への復讐の気持ちからかもしれない。

今更その可能性に気付いて、少し背筋が寒くなった。

「そうですか、それならば良かった」

けれどホッとしたように言われるとどうしても悲しくなってしまう。

やはり私のプロポーズはなかったことにされてしまうのだ。

「あなたが継ぎたいと言うなら別の手を考えたところです。けれど継ぎたくないのであれば話は簡単だ」

「……どういうことです？」

言わんとすることが理解できずに尋ねると、彼が意味深に笑った。その謎めいた表情は、私の疑問など綺麗に拭い去ってしまうほどに魅力的だった。

「近いうちに分かるはずです。その時には連絡を。それまで私のことを忘れないでくださいね」

「ですがオーウェン伯爵」

困惑しながら名を呼ぶと、伯爵が切なそうに眉根を寄せた。

「どうかジェレミーと」

言って繋がったままの手を引き寄せ、指先に口付けを落とす。

「またお会いしましょう、ユリア」

蠱惑的な笑みを浮かべ、私がそれに見惚れているうちに彼は立ち上がりその場を後にした。

残された私はひとり、水の流れる音を聞きながら呆然としていた。

夢を見ていたのだろうか。

ジェレミーの気配の消えた中庭でぼんやりそんなことを思う。

指先に触れた唇の熱はもう冷めて、彼がここにいたのが幻のように思えてきた。けれど私の足には彼のハンカチが巻かれていて、少し血が滲み始めている。

彼は確かにここにいた。そうして私の突拍子もないプロポーズを受けて、帰って行ってしまったのだ。

やはりこれは彼の復讐なのだろうか。

もし、彼を捨てたというニーアへの復讐に利用されているのだとしたら。

私はそれを甘んじて受け入れるべきなのかもしれない。


パーティー会場に戻っても現実感のないまま、もちろん両親にプロポーズの話も言えなかった。

ジェレミーはもう帰ってしまったようで、会場内を見回しても彼の姿は見つからなかった。

帰りの馬車で、お酒が入って上機嫌な両親に「男の一人も引っかけられないとは本当に使えない」といった内容の罵倒を浴びせられた。

けれどジェレミーのことばかり考えていたせいでほとんど聞き流していたため、傷付くことはなかった。

第二章

「ユリアお嬢様、ここ数日なんだか上の空ですわね」

コーヒーを運んできてくれたハンナに礼を言うと、心配そうな顔で覗き込まれた。

「……そうかしら。そんなつもりはなかったのだけど」

「そうなのです。パーティーに出席された日からですよね。私の目は誤魔化せませんよ」

ほとんど確信を持っているハンナの口調に苦笑する。仕事で徹夜なんかをすると、すぐに見抜いて寝ろと叱ってくる有能なメイドだ。嘘をついてもお見通しなのだろう。

「ハンナには敵わないわ。私、そんなに変だった？」

「お嬢様は嘘が下手ですからね。もしや素敵な殿方にでも出会われましたか？」

ずばり言い当てられて言葉に詰まる。上手く誤魔化せるような術は私にはなかった。

「……そうなのですね」

たったそれだけでハンナは正解に辿り着き、私は小さな子供のように頬を赤くして目を逸らしてしまった。

「どこのどなたです？」

珍しく詰問口調に近い硬い声で問われて少し戸惑う。なんだかますます子供に戻ったような気分だ。

「……言えないわ」

「言えないような方なのですか？　もしや騙されているのでは？」

ハンナは冗談のつもりで言ったのだろうけど、私は反論することもできずに頭を抱えてしまった。

「その可能性をずっと考えているから上の空なのよ……」

「まぁそうなんですか？　よろしければどんな出会いだったのかお聞かせください」

言ってハンナが客用のソファにお行儀よく座る。長くなってもいいから、一から話せということだろう。

少し迷ったけれど、いつまでも一人で悶々と抱え込むのも正直つらくて、名は明かさずにあの夜の経緯を話してみることにした。

相手は妹の元恋人であること。私の唐突なプロポーズに二つ返事で了承してくれたこと。それから婿入りについて謎の言葉を残して去ってしまったこと。

我ながら荒唐無稽な話をしていると思う。案の定、話が進むにつれてハンナの表情が険しくなっていく。

「ごめんなさい、気にしないで。たぶん、揶揄《からか》われていたのよ」

黙ってしまったハンナに苦笑してから、自分の言葉が妙に腑に落ちた。

たぶん、そういうことなのだ。だってあれ以来ジェレミーからの音沙汰は一切ない。

私は憎きニーアの姉として、少しの腹癒せに付き合わされたのだ。あるいは再会してすぐにプロポーズだなんて、姉妹揃って軽い女だと呆れられたかもしれない。

もしそうなら、あの程度の仕返しで済んで良かったのかもしれない。もしかしたらこれから本格的な仕返しが始まるのかもしれないけれど。

「揶揄《からか》われたわけではないと思いますが」

ようやく口を開いたハンナが、やけにきっぱりとした口調でそう言った。

「結婚を了承されたのでしょう？　口約束とはいえ、それなりの身分の方が冗談でそのような軽口を叩くとは思いません」

ハンナは気を遣ってそう言ってくれるが、考えれば考えるほど純粋な気持ちで了承してくれたとは思えなくなってくる。

「でも、たぶんお酒も入っていただろうし」

自分で言っておきながら、きっとお酒は関係ないのだろうなとも思う。

少し話しただけでも分かるくらい、彼は頭の良い人だ。その場の勢いや軽い気持ちで結婚を決めるとは思えない。きっと何か裏に隠された感情や企みがあってのことなのだろう。

だって彼は私を覚えていた。一度会ったきりの私のことを。

それはきっと、ニーアへの深い恨みがあったからこそ。

それがあの夜の出来事への答えではないのか。

「ですがもしその方が」

「お嬢様!!」

ハンナが怒ったような顔で何か言おうとした時、ノックもせずにジェマが飛び込んで来た。

それを見て驚く。ジェマが焦っているのも声を荒らげているのも、ここで働き始めて以来初めてのことだったから。

「何があったの」

ジェマに続いて開けっ放しの扉から駆け込んできたアニーに視線をやりながら、ハンナが冷静に問う。

「大変なんですっ、ニーア様が！」

ジェマが唇を震わせながら切り出した言葉に愕然とする。

それは青天の霹靂《へきれき》ともいうべき大事件だった。

「妊娠……!?」

ジェマとアニーが代わる代わる説明するのを要約すれば、あのパーティの日から今も続くニーアの体調不良は、風邪ではなくなんとつわりの症状だったというのだ。

「それは確かなの……？」

「はい、お医者様に診ていただいたので確実です」

いつもおっとりした雰囲気なのに、緊迫感漂うジェマの表情が何よりも雄弁に状況を物語る。

ニーアが妊娠したというのは事実なのだろう。

「お相手が誰かは言っていた？」

「それが、旦那様にも奥様にもおっしゃらないのです」

それを聞いて眉間にシワが寄る。

言いたくないような相手なのか、誰が父親か分からないからなのか。

どちらにせよ、最悪の事態には違いない。

「ニーアは今、誰とお付き合いしていたのだったかしら」

「バーク公爵家の次男とトレッダウェイ侯爵家の嫡男とデゲール伯爵家の三男とサザートン伯爵家の末っ子とどこぞの飲み屋で引っかけた謎の美男子Aです」

私の何気ない問いに、アニーが淀みなくつらつらと家名を挙げていく。

「……よく把握しているわね？」

その迷いのなさに思わず彼女を凝視すると、彼女はこんな状況だというのに愛嬌たっぷりの笑顔を見せた。

「ニーア様の彼氏ビンゴ、楽しいんですよ」

悪びれもせずニコッと笑ってアニーが言う。

ルールや遊び方を聞きたいような気もしたが、残念ながら今はそれどころではない。

「その、謎の美男子Aというのはどなたなの？」

「ニーア様も素性を把握しておられないようで。ただ、ものすごく好みの顔とものすごく好みの身体とものすごく好みの性格をしていらっしゃるようです」

「……つまり今の本命ってことね？」

「おそらくは」

「ということは子供の父親がその人という可能性が」

「一番高いですね。だからご両親に言えないでいるのでしょう」

アニーが肩を竦《すく》め、ジェマが困ったように眉尻を下げた。

これはニーアだけの問題ではない。ブラクストン家全体に関わる話なのだ。ニーアが好き勝手したツケが、私に回ってくることを心配してくれているのだろう。

「どうするおつもりなのでしょうか……」

ハンナが深刻な顔をして呟く。

当然だ、町娘が妊娠してそのまま結婚するのとはわけが違う。貴族同士の婚礼には必ずといっていいほど政略的なものが付き纏《まと》うのだから。

相手も結婚を前提とした付き合いで、両家の親が認めているのならば、多少の問題はあれど婚約の手順を省いて結婚が早まるだけで済む。だが不特定多数だったり身分不明の人間が相手となれば、話は変わってくる。

今まで両親は、彼氏の入れ替わりが速いのは知っていても、それは可愛いニーアのお眼鏡に適わなかったせいだとスルーしていた。そのうちニーアにぴったりの男が現れるだろうと、悠長に見守ってきたのだ。だがさすがに五人同時なうえに、身元が不確かな男とも寝るとまでは思っていなかったはずだ。

もしその謎の青年がお腹の子の父親なら、家格の釣り合いも何もない相手に両親は発狂するだろう。ブラクストンの家名に泥を塗るだけの、マイナスにしかならない男を可愛い娘の結婚相手になんかにできるわけがない。それに何より、大事に大事に育ててきた愛娘が貞操観念も責任感もないだなんて信じたくはないはずだ。

今はニーアも黙秘という賢い選択をしているが、それもきっと長くはもたない。妊娠のショックで両親も今は強く出ていないらしいが、いずれ詳しく追及されるだろう。その時にニーアが出方を間違えれば、この屋敷内で血で血を洗う惨劇が繰り広げられる可能性もある。

「……とりあえず私が話して来るわ」

正直、お腹の子の父親が誰であろうと心底どうでも良かったが、巻き込まれるのだけは御免だ。仕方なく重い腰を上げ、心配そうな顔をするハンナたちを連れてニーアの部屋へと向かった。


ニーアの部屋に入ると両親の姿はなく、ベッドの上で不貞腐れた顔で座るニーアだけがいた。悪いことをしたなんてこれっぽっちも思っていない顔だ。

「それで？　どちらの方との子供なの」

ハンナたちには廊下で待ってもらって、二人きりになってから切り出す。

ニーアは私贔屓《びいき》の彼女たちをあまり良く思っていないから、彼女たちがいる限りだんまりを貫くだろうと思ったのだ。他の使用人たちと違って思い通りにならないのが苛立つらしい。

「……そんなのお姉様に関係ある？」

こんな状況だというのに、嘲りを乗せた口調で言われてうんざりしてしまう。

関係ないわけがない。私はブラクストン家の長子なのだ。跡を継ぐ前の今でさえメインで采配を振るっているというのに、家族の交際相手を把握できていないというのは大問題だ。

「まさか素性の分からない男性ではないでしょうね」

あえて核心を突くことを言えば、ニーアは目に見えて機嫌を損ねた。

「だったら何なの。それで何かお姉様に迷惑かけた？」

「ブラクストン家の将来に関わることなのよ」

「偉そうに何様のつもりよ。たかがお父様の手伝いのくせに、もう一端《いっぱし》の当主気取り？」

いちいち反抗的な態度に頭痛がしてくる。

だけどこれだけのやり取りで分かることもある。やはりニーアは頑なに相手を明かそうとしない。もし公爵家や侯爵家の息子なら、ここぞとばかりに自慢してきそうなものなのにだ。それをしないということは、つまりたぶんアニーの言う通り、謎の美男子Aが最有力候補なのだろう。

「……ねぇニーア。もし素性の知れない男性が相手だとしたら、困るのはあなたでしょう。お嫁に行くのにその人がお金を持っていなかったらどうするの？　あなた昔からお金持ちと結婚するって言ってたじゃない」

「うるさいわね！　ほっといてよ！」

だが本命だというその美男子Aが相手なら、何故こうも気が立っているのだろう。本当に好きならたとえ貧乏だろうと身元が知れなかろうと、少しくらい幸せそうな顔をしていてもいいものなのに。

「……もしかして、お相手の方と連絡が取れない、とか？」

ふと思いついた一つの可能性を、恐る恐る口にする。

その瞬間、ニーアの顔色が明らかに変わった。

「きゃっ」

ぼすっと柔らかいものが顔に当たって、とっさに悲鳴を上げる。反射的に閉じてしまった目を開けると、床には枕が落ちていた。ニーアが投げつけてきたらしい。

「最っ低！　ホント最低！　なんなのよ馬鹿にした顔して！　自分は賢いつもり!?　自分は失敗なんかしないって言いたいんでしょ！　モテないだけのくせに！　お姉様なんて大嫌いよ！」

「ちょ、やめなさいニーア！　落ち着いて！」

どうやら図星を突いてしまったらしい。ニーアはものすごい剣幕で手当たり次第にベッドの上のぬいぐるみを投げつけてくる。幸い痛くはないけれど、これではまともに話し合いもできない。

「落ち着きなさいってば！　お腹の子に障るわよ！」

ぬいぐるみをぶつけられながらも必死に制止する。

ニーアは涙目で顔を真っ赤にしながら、それでも最後のひとつを投げようとする手を止めた。

「っ、こんな、こんな子……もうどうだって……！」

興奮状態のままお腹の辺りの服を握り締めて、ブツブツとニーアが呟く。その鬼気迫った表情にごくりと息を呑んだ。

しばらくその様子を見守っていると、急にニーアの呪詛のような独り言が止まった。

「……そぉだ。いいこと考えちゃった」

そう言って俯《うつむ》けていた顔を上げて、にやりと唇の端を吊り上げた。

「ムカつくから、お姉様に嫌がらせしてやることにしたわ」

邪悪な表情を浮かべたまま、ニーアが自分の思い付きを気に入ったのか、肩を震わせ笑い始めた。

「全部奪ってやる。あんたなんか不幸になればいいのよ」

そう言って、ヘッドボードにあるメイド呼び出し用のベルを、見せつけるように大きく鳴らした。

「あんた。お父様とお母様を呼んで来なさい」

「……はい」

廊下で待っていてくれたハンナが、私に訴えかけるような視線を向けてくるのに頷《うなず》いてみせる。

ハンナは小さく頷《うなず》きを返すと、走って両親を呼びに行った。

「……一体何を考えているの」

「お姉様が悪いのよ。私に生意気な態度をとったこと、絶対に後悔させてやるから」

勝ち誇った顔でニーアが言う。ロクなことを考えていないのは明白だったけれど、この家ではそれを止められるほどの権限が私にはなかった。

ハンナに連れられて血相を変え駆けつけた両親は、部屋の中に私がいることに気付いて目つきを鋭くした。私がニーアを害するつもりだとでも思ったのだろう。

何を言っても無駄だと分かっているので、私は無言のまま座っていた椅子を父に譲った。

「ああニーア。こんなにやつれて可哀想に。他に欲しいものはないかい？　なんでも持ってきてやるからな」

文句を言いたそうにしていた父だったが、それよりもニーアの話を聞くほうが先だと気付いたのだろう、すぐに椅子に座ってニーアの体調を気遣いだした。

「大丈夫よお父様。心配しないで。それよりもお話したいことがあるの」

さっきまでの取り乱しようが嘘のように、ニーアは健気で可愛らしい娘を演じ始める。父も母も簡単に騙されて、涙目になりながら何度も頷《うなず》いている。

まるで茶番だ。馬鹿馬鹿しくてため息しか出ない。

「お腹の子の父親のことよ。お名前はレスリー・バーク様。ご存知ですわよね」

「レスリー、バーク……？　まさかバーク公爵家の⁉」

「ええ。第二子であらせられるレスリー様ですわ」

穏やかな笑みを浮かべながら、ニーアがさらりと爆弾発言をする。

両親が目に見えて沸きたつのが分かった。

確か、アニーが教えてくれた同時進行中の彼氏たちの中で、一番身分の高い方だ。

——相手は身分不詳の男なのではないのか。

私が眉を顰《しか》めても、もちろんそんな些細なことに気付く人間はここにはいない。

家格が上で次男坊。嫡男相手であれば婚約もしていない格下の女を妊娠させたなんて大問題になるが、次男ならば話は別だ。

確か、バーク家の嫡男にはもうすでに家格の釣り合う婚約者がいたはずだ。正当な跡継ぎがもう決まっている以上、その家の方針にもよるが、次男以降の嫁なら、身元さえ確かであればそう厳しく選別されることもない。

もし本当にその方がお相手なら、最初から両親に伝えていたはずだ。だけどそんな初歩的な違和感さえ、舞い上がった両親は見逃してしまうらしい。

両親からしてみれば、格上の公爵家と縁続きになれるうえに煩わしいことがほとんどない次男坊との結婚なんて、喜ばしいことこのうえないはずだ。国からの覚えもめでたいバーク公爵家と上手く話がまとまれば、ブラクストン家も目をかけてもらえるようになるかもしれない。

誰だってそう考える。

もし本当にその方がお相手ならば、だけど。

ニーアのさっきの取り乱しようを見てしまった以上、それを素直に信じることはもう私にはできなかった。

そのやり取りを知らないとはいえ、両親だって本来ならばすぐに相手の身元を明かさなかったのを不審に思って、疑ってかからなくてはならないはずだ。それなのに娘可愛さと目先の損得勘定に目がくらんで、ニーアの言動がおかしいということに気付けないでいる。

「本当か！　でかしたぞニーア！　さすが私の天使！」

「すごいわニーアちゃん。いつかこんな日が来ると思っていたわ」

「それで？　式の日取りはいつにする？　おっとその前にバーク家への挨拶か」

案の定両親は目の色を変えて、ニーアに続きを話せとせっついている。

ニーアは両親の反応に満足したのか、勝ち誇ったような顔をしてちらりと私を見た。

挨拶もなにも、そのレスリーという青年がニーアに子供ができたことを知っているかも怪しい。だってつわりで体調を崩してから妊娠が発覚するまでの数日間、ニーアは一歩も屋敷の外に出ていないのだ。いきなり「妊娠したから結婚しましょう」なんて言われて驚かないわけがない。

「しかしとうとうニーアも嫁に行ってしまうのか……つらいが可愛い娘の幸せのためだ……」

涙を滲ませながら父が言う。不確定な要素が多すぎて、気の早いことだと笑うことさえできなかった。

「そのことなのだけどお父様」

今後のことを考えて憂鬱になる私を見て、再びニーアの笑みが醜悪に歪む。

ここから先をこそ、本当は言いたくて仕方なかったのだろう。

「私が家を出る必要はないわ。ずうっとお父様とお母様と一緒にいられるの」

「……それはどういうことだ」

「レスリー様は私のことをとても愛してらっしゃるのよ。それでね、結婚するならこのブラクストン家に婿入りをする覚悟がおありだと言ってくださったわ」

うっとりしたような口調で言う。

父は目を丸くした後で、それはそれは幸せそうに笑み崩れた。

「それは本当か！　ははは っ！　素晴らしい青年ではないか！　なんとまぁ……！」

「あなた、こんな素敵なことがあるかしら……！」

歓びに打ち震える父と母。それを見て満足そうな妹。

私はその輝かしく希望と幸福に満ち溢れた光景を、ただただ白けた目で傍観することしかできなかった。

なるほど。嫌がらせ。そういうわけね。

何も持たない私から何を奪うつもりなのかと思ったら。

くだらない。本当にくだらない。

ニーアの部屋の壁に凭《もた》れかかりながら、私抜きで盛り上がる家族三人を眺めて思う。

私の隣に控えていたハンナが、心配そうに私の手を握った。

そんな心配してくれなくていいのに。

ハンナを安心させるようにこっそり笑いかけてみせる。

だって私、全然ショックじゃない。自分でも不思議なくらいだ。

両親はレスリーの婿入りに大賛成なようで、私の存在などなかったみたいに妹に家督を継がせる話を始めている。ニーアは憐れみと嘲笑の混じった視線を私に向けながら、父と母に孝行娘ぶりをアピールしていた。器用なことだと呆れてしまう。

「本当はずっとニーアに継がせたいと思っていたのだ。それがこんな素晴らしい形で叶うとは……！」

「あなたいつも言っておりましたものね、ニーアちゃんには苦労をさせたくないから好きなところに嫁がせてあげたいって」

涙ながらに本音を打ち明ける両親に、どうせそんなことだろうと思っていたと嘆息する。分かり切っていたことだ。もう涙も出ない。

「まぁ、お父様ったらそんなことを……でも心配しないで、ニーアとレスリー様なら立派にブラクストン家を盛り立てていくことができるわ」

領主の仕事なんて地味で面倒でつまらないと馬鹿にしていたくせに。こんなことばっかやってるから地味でつまらない女になるのよ、なんて鼻で笑っていたくせに。

「ああなんて良い娘なのだ。こんなことなら最初からニーアにふさわしい婿を探してやるべきだった」

「気になさらないでお父様。おかげでニーアは最高の旦那様に巡り合えたのだから」

「自分の力で探し当てるなんてさすがニーアちゃんね。親のツテをあてにしてただ待っているだけのユリアとは大違いだわ」

当てこすりのように母が言う。自分たちが見繕うから余計なことはするなと、事あるごとに釘を刺されてきた結果なのに。悪いのはどうやら私らしい。お前は仕事だけ覚えてひたすら働いていろと外出すらままならなかったのに、それはもう彼らの中ではなかったことになったようだ。

父の言う通り、ずっと昔からかわいくて仕方ない妹に継がせたかったというのが本心なのだろう。だけど領主の役目が大変なのが分かりきっているから、苦労するならかわいくない姉に押し付けようとした。私はそれを、自分へのほんの少しの期待なのだと誤解して、勝手に頑張ってしまっていただけ。

ニーアが楽をできるよう、少しでもいい家に嫁がせるつもりだったけど、ニーア自身が継ぐ気になっているのなら話は別ということなのだろう。

上機嫌でニーアとブラクストン家の今後を考えている両親を見て、すべてが馬鹿らしくなってしまった。

本当に、今までの努力はなんだったのだろう。

脱力してぼんやりしていると、ニーアがふふんと勝ち誇った顔を向けてきた。

けれどそんな顔を見せられても、もはや腹も立たない。今あるのは、自分でもよく分からない衝動だけだ。

「では、私はもう必要ないのですね」

確認の気持ちで言うと、今存在を思い出したとでも言わんばかりに父が振り返って「ああ」と無表情に言った。

「嫁入り先くらいは見繕ってやる」

まぁ、なんて慈悲深いお言葉。どうせニーアのために、都合のいい御しやすい家を見つけてきてくれることだろう。

家督をニーアに移すのに、どうやら私の意見は必要ないらしい。

半笑いになった私の代わりに、ハンナが今にも怒鳴りだしそうになったのを察知して、繋いだままの手にぎゅっと力を込めた。

「嫁ぎ先くらい自分で見つけますわ」

冷めた声で言って、ハンナの手を引き部屋を出る。

私を止める人は誰もいなかった。

厳選するまでもなく最低限しかない荷物を大きな鞄に詰める私を見て、ハンナたち三人はずっと心配そうな顔をしている。

欲しいと思ったことはなかったけれど、貴金属類をほとんど持っていないことが今更ながら少し惜しかった。

「困ったわ、鞄が隙間だらけ」

苦笑しながらアニーに言うと、笑ってほしかったのに彼女の眉尻が悲しげに下がってしまった。

「……どこか行く当てはあるのですか」

「ええ。なんとなくだけど、実はさっきから考えていることがあって」

荷造りを進めながら答える。

行く当てというか、今行きたい場所は決まっていた。

ジェレミー・オーウェン伯爵。

彼に会いたかった。

理由は自分でもよく分からない。たぶん恋しさとはまた別の感情だ。ただ、ニーアと話をしてからずっと、どうしてだかジェレミーの顔がちらついて仕方ない。ニーアが公爵家の名を出したあたりからだと思う。

それは侯爵家を継ぐ必要がなくなった喜びからか、別の何かからくるのかはまだ分からない。だけどなんとなく、妹がこの家を継ぐ方向に話が進むにつれて、ジェレミーに会いに行かなくてはという気持ちがじりじりと強くなっていった。

だから父が私への興味を一切なくしたと感じた瞬間、居ても立ってもいられなくなった。

彼に会って話を聞かなければ。強くそう思った。

もしかしたら私が侯爵家の家督継承者でなくなれば、ジェレミーへのプロポーズは成立するかもしれないという打算も無意識のうちにあったのかもしれない。

その時は具体的にそう考えたわけではないが、荷造りをしている今は、ジェレミーのところへ行きたくなる理由はそれなのではないかと思い始めていた。

「もう戻らないおつもりですか」

「そんなつもりはないけど……ううん、もしかしたらうん、そうなるかもしれない」

口にしてから気付く。

この一件にジェレミーが無関係だったとしても。ブラクストン家を継ぐ必要がなくなったと告げて、あれはただの嫌がらせだったのに本気にされても困りますと笑われても。

私自身がもうこの家に戻りたくないのだ。

当てが外れてジェレミーに門前払いをされても、たとえその先で野垂れ死ぬのだとしても、この家に頼ることだけはしたくなかった。

だからこそ貴金属類がないことが残念で仕方ない。それがあればジェレミーの次に行く場所の当てがなくても、売り払ってどこぞの街で生活の基盤を作ることができたのに。

「っ、私たちも連れて行ってください！」

意を決したようにハンナが言う。泣きそうな顔をしていた。アニーもジェマも、同じくらいつらそうな顔だ。

「一緒に行ってくれるの？」

家督も継げなくなった役立たずの私に、どうしてそんな優しいことを言ってくれるのだろう。嬉しくて素直に喜びを表情にあらわせば、三人が拍子抜けしたような顔をした。

「よろしいのですか……？」

「あ、ごめんなさい、来てって言われても困るわよね」

戸惑われて、社交辞令だったかと恥ずかしくなる。けれど笑って誤魔化そうとする私に、彼女たちは表情を引き締めた。

「すぐに準備します」

真面目な顔でアニーが言ったのを合図に、三人は私の部屋を出ていった。

本当に来てくれるのかと呆然としてしまう。

早まったことを言ったかしら。私はもう侯爵家令嬢でもなんでもなくなる予定なのに。彼女たちに給料を払うこともできないのに、ついてきてなんて無責任すぎだ。

そう思いはするが、撤回したくはなかった。

ずっとこの屋敷に閉じこもって生きてきたから、一人で出ていくのは不安だというのももちろんある。だけど知識や応用力はそれなりにあるつもりだから、たぶんなんとかやっていけるとも思う。

けれどそれとは無関係に彼女たちが大事で、大好きで、だから彼女たちがついてきてくれるというならそれに甘えてしまいたかった。この屋敷での暮らしで、私のつまらない人生で、彼女たちだけが私の心の支えだったから。

「お待たせいたしました！」

「辞表は後日ということで」

「枕が入りませんでしたぁ……」

宣言通り、すぐに旅支度を終えた三人が部屋に戻ってくる。

給料も保証もないことを伝えようとしたが、彼女たちの覚悟に満ちた目の前ではそれは無駄なことだと知る。彼女たちは私と違って、最初から自分で自分の道を選べる強い人たちなのだ。

「では、行きましょう」

それ以上余計なことは口にせず、短く言って部屋を出た。

私の部屋だった場所に、もはや未練など微塵もなかった。

ジェレミーは「連絡を」と言っていたけれど、そんなの待ってはいられなかった。突然の訪問に、彼は不快感を示すかもしれない。想像して胸に痛みが走る。

お抱えの御者に「オーウェン伯爵家へ」と伝え、馬車に乗り込む。優秀な御者だ、妹を何度か送迎したことがあるらしく、場所は問題なく覚えていてくれた。けれどなぜ姉のほうが妹の元彼氏の家に行くのかと不思議そうな顔をしていて、少し笑いそうになる。

家族から不要だと切り捨てられた日だというのに、気分は明るかった。

外はもう夜で、街の明かりも少ない。こんな時間に先触れもなく押しかける非常識さは承知のうえだ。だけど今のこの勢いを逃したら、きっともうどこにも行けなくなってしまう気がした。

ずっと抑圧されてきたせいか、枷が外れた時の行動力に自分でも驚いている。

「オーウェン伯爵のお屋敷に向かわれるのですね……」

「ニーア様の元恋人の、ジェレミー・オーウェン様ですよね……？」

御者に告げた名前を聞いていたのだろう。アニーとハンナが何とも言えない顔で上目遣いに私を見る。

「驚いた、ニーアの歴代彼氏全部覚えているの？」

彼女たちの記憶力の良さに苦笑する。歴代彼氏ビンゴとやらはそんなに楽しいのだろうか。

「なぜオーウェン伯爵なのです？」

「今朝ハンナに話したでしょう。パーティーで出会ったという男性のこと」

「それがオーウェン伯爵だったと？」

「ええそうなの。以前ニーアが連れてきたことがあって面識はあったのだけど。その日偶然再会してね」

「偶然、ですか」

照れながら言うと、ハンナが眉根を寄せて難しい顔をした。

騙されているのではと心配してくれた彼女だから、ニーアの元彼氏と知った今、その疑惑を深めてしまっているのかもしれない。

私自身未だにその可能性を捨てきれずにいたから、あえて否定はしなかった。

「もし追い返されたらどうしようかしら」

「屋敷に戻られますか？」

「それはちょっと、あまりにも情けないわよね……」

問われて、やはり無謀だったかしらと自分の軽率さを反省する。

「何も言わずに出てきたから問題ないのではないでしょうか」

「まあそうなのでしょうけど」

「あらぁ、じゃあうちの実家にきます？」

ジェマがニコニコと言って、大きな農園を経営する実家の話を始めた。それを聞くアニーもハンナも楽しそうで、職も地位もなくす予定の四人が乗り合わせた馬車の中に悲壮感は一切ない。

「ちょうどオーウェン伯爵領にありますしぃ、なんでしたらこのまま直行でもいいですよ？」

「いいわね！」

「でもアニー、早起き苦手じゃない。ニワトリの世話なんてできるの？」

「何よそんなの。寝なきゃいいじゃない。昼に寝るから牛と馬の世話はあんたたちに任せたわ」

「ええ？　そんなの嫌よ！　ジャンケンで決めましょう！」

「あたしの実家なんだからあたしがルールですぅ」

先行きの見えない無計画な今のほうが生き生きして見える三人がなんだかおかしくて、声を上げて笑う。こんなふうに笑ったのはずいぶん久しぶりな気がする。

ハンナたちはそんな私を見て、嬉しそうな、少し泣きそうな顔をしていた。

◇◇◇

「やぁ、これはこれは」

唐突な深夜訪問に、思い切り嫌な顔をされる覚悟で通された客間で待っていた。

けれど程なく現れたジェレミーは、清々しいほどの爽やかな笑みを浮かべて私たちを歓待してくれた。

「ようこそユリア。それにメイドのお三方。歓迎しますよ」

一切の疑問を差し挟む気配もなく、優雅にソファに腰を下ろしてにこりと微笑む。その微笑は、私の座るソファの後ろに立ったまま、警戒するように控えているハンナたちにも等しく向けられた。

「……もしかして、知っていらしたのですか」

その表情を見て、自然とそんな言葉が口からこぼれ出た。

何を、とは言わなかった。それだけで彼には伝わると思ったから。

近いうちに分かるはず、と言っていた。継ぎたくないなら話は簡単だ、とも。

それは妹の妊娠と、その後に繋がる今日の顚末《てんまつ》を予期していたからではないのか。妹との話し合いからずっとジェレミーの顔がちらついていたのは、そんな違和感を察知していたからではないか。

だってあまりにもタイミングが良すぎるのだ。

確信の滲む私の言葉に、ジェレミーが苦笑する。

「否定したら信じてくれますか」

「ええ、信じます。なんのことか分からないとあなたがおっしゃるなら、きっとそうなのでしょう。私の考えすぎです」

もちろんその可能性のほうがよほど高い。

妹の妊娠に、私の家督相続権の剥奪。急転直下の展開に、正常な判断力が働いているとは言えない状況だ。

自覚はないけれど実は私は発狂寸前で、訳の分からぬ妄想でジェレミーを困らせているのかもしれない。そうでないと強く言えるほど、自分の冷静さに自信はなかった。

「突然現れて何を訳の分からないことをと言われたら、今すぐにでもこの場を去りますわ」

まっすぐにジェレミーの目を見てそう言うと、彼は苦笑の色を濃くした。

「黙っていようと思っていたのですが……」

視線を落として嘆息する。それから私の背後に控える三人に何やら意味ありげな視線を送って、最後に私に視線を据えた。

「フェアじゃないのでやはり白状します。それを聞いてから、これからのことを判断してください」

そう言うとジェレミーは笑みの気配を消して、これから語ることへの覚悟を決めたように、深く深く息を吐いた。

それはどこか諦念と自嘲の混じったような、複雑な表情だった。

やはり彼はこの顚末《てんまつ》に至る過程を知っている。そう確信するには十分だった。

「ただ、どこから話せばいいのやら……」

困った顔で肩を竦《すく》める。私は少し考えて口を開いた。

「差し支えなければ、ニーアとの出会いから伺ってもよろしいでしょうか」

紹介された時から不思議に思っていたことだ。ニーアとジェレミーでは明らかに住む世界が違う。

そのうえいつもなら自慢げに付き合うきっかけを自分から話すのに、ジェレミーの時だけはそれをしなかった。気になってはいたけれど、ニーアに直接聞けば私が興味を示したことに優越感を得て、彼への執着を深める気がしてそれもできなかったのだ。

「そもそも、本当にお付き合いをされていたのでしょうか？」

今更ながら、根本的な疑問を口にする。あの時はただ無愛想なだけか、照れ隠しで感情を表に出さないのかとも思っていたけれど、再会してからのジェレミーを見ていると、とてもそうは思えない。彼の表情は豊かだし、照れも恥じらいも素直に見せてくれている気がするのだ。

「ニーアと付き合っていたのは不本意ながら事実です。ただそれは三ヵ月という条件付きの無理やりなものでした」

苦笑しながら、少しうんざりしたようにジェレミーが語り始める。

「無理やり、ですか」

「ええ。私の前に交際していた男が学生時代の後輩でしてね。彼が飲みの場に彼女自慢でニーアを連れてきたのが始まりです」

当時のことを思い出すように瞼を伏せる。けれどその表情は感慨深さとは無縁で、眉間にはシワが寄っていた。

「とはいえ人の恋人などまったく興味もなかったので、当たり障りない会話だけして他の友人にバトンタッチしたんです。彼らには好評でしたからね。後輩にはもったいないだの自分のほうがお買い得だのと」

ジェレミーの語る情景が目に浮かぶようだ。ニーアもその歴代彼氏たちも、相手の見た目やら肩書やらを自慢するのが大好きな人種なのだ。その相手のスペックが、自分のスペックに上乗せされるとでも言わんばかりに。

だから自分のテリトリーに恋人を連れて行きたがる。そして己の価値も分かっているから、相手のテリトリーで紹介されて持ち上げられることにも気持ち良さを感じる。

分かりやすいが理解はできなかった。

「だとしたら、ニーアはあなたの気を引こうと躍起になったでしょうね」

「おっしゃる通り。一人だけチヤホヤしなかったから面白くなかったのでしょう。何度も誘惑するようなことを言われました」

「やはりそうですか……本当にごめんなさい……」

申し訳なさと恥ずかしさで思わず俯《うつむ》く私に、ジェレミーが笑いをこぼした。

「あなたのせいではありません。彼女の資質でしょう。ただ、後輩の視線が痛かったのでその日はすぐに切り上げて先に帰りました。それがまたニーアのプライドを刺激してしまったようで」

「付き纏《まと》われたのですね？」

ニーアの行動パターンを読むことなんて簡単だ。案の定ジェレミーはあっさりと頷《うなず》いた。

「最初のうちは同じ集まりの場に毎回顔を出すようになった程度ですが。後輩と別れた後も気にせず参加していましたね。たぶん今までの男とは違うタイプだという興味もあったのだと思います」

きっと彼の考えた通りだ。遊び慣れていないように見えるわりに簡単には自分に落ちてくれない。そんな男性、ニーアの周りにはいなかっただろうから。

「それで私がまったくなびかないから意地になっていたのもあるのでしょう。だんだんと悪化して、とにかくしつこくて」

「重ね重ね申し訳ありません……」

「ですからあなたのせいでは。身内の恥は心苦しいでしょうけど、あなたが背負い込むことではありません」

フォローしてくれるようにジェレミーが優しく笑う。それでも罪悪感はなかなか消えない。縁を切るつもりだとは言っても、一応まだ家族なのだ。私が親の顔色など窺わず、しっかり姉としてニーアを窘《たしな》めていたら、ここまで自分本位な人間にはならなかったかもしれない。

「しかし」

「私はあなたを責めたいのではなく、現状に至るまでの事実を説明したいだけなのです」

もっともなことを言われて言葉に詰まる。説明を求めたのは私で、ジェレミーはそれを順序立てて話してくれているだけ。いちいち私が頭を下げていたら、話が進まなくなってしまう。

「お嬢様。オーウェン様もそうおっしゃっているのですから、もっと肩の力を抜いて聞きましょう」

私の真後ろに立っていたアニーが、ソファの背凭《もた》れに体重を預けるように腕を置いて、私の顔を覗き込むようにして言った。

「でもアニー、妹のしでかしたことで迷惑をかけているのよ」

ふと、彼女も初めて来た場所だというのに、アニーからは不思議と萎縮《いしゅく》や緊張が感じられないことに違和感を覚える。それどころか、なんとなく砕けたような雰囲気を感じるのは気のせいだろうか。

「ですからその方もおっしゃっているように、ユリアお嬢様のせいではありませんったら」

「その通りです。ニーアという女は彼女個人でただ私にとって迷惑な女性だったというだけのこと。姉妹だとか家だとかは関係ありません」

彼女の言葉を受けて、にっこり笑いながらジェレミーがさらりと毒を吐く。

よほどしつこくされたのだろう。優しい口調と笑みで言われているにもかかわらず、妙な迫力があった。

「だいたいそんな非常識な女を連れてくるような非常識な男と付き合いがあるこの方にこそ、そもそもの原因があるのではないでしょうか」

「ア、アニー⁉」

よそゆきの完璧な笑みのまま、唐突に吐き出される暴言にギョッとしてしまう。

「ははは、それを言われてしまっては返す言葉がありませんね」

それなのにジェレミーは、そんな失礼なセリフを大らかな笑いで受け流してしまった。

「それでまぁ、あまりのしつこさに少々うんざりしていた頃、三カ月だけ付き合ってくれればもう付き纏《まと》わないと言われて、不承不承頷《うなず》いてしまったのです」

「あっさり根負けしたのですね。ニーア様にさぞチョロいと思われたことでしょう」

「ハ、ハンナ……？」

アニーに続いて無礼な言葉を容赦なくぶつけるハンナに困惑する。彼女たちはどこに出しても恥ずかしくないほど優秀なメイドで、貴族だけでなく商人や領民にだって礼を欠くようなことはないはずなのに。

「返す言葉もないね。実際お粗末な策略に上手くハメられてしまったと思うよ」

冷めた口調で失礼なことを言うハンナに、気分を害した様子もなくジェレミーが肩を竦《すく》めてみせる。

なぜかは分からないが、彼女たちの間にはどこか物慣れた空気が滲んでいるように見えた。

「ホントはちょっとつまみ食いしてやろうとかいう下心があったんじゃないですかぁ？」

「ジェマ!?」

ニコニコしながら一番辛辣なことをジェマが言って、思わず振り返る。

彼女は私の反応を気にした様子もなく、穏やかな笑顔のはずなのにどこか怖い雰囲気を纏《まと》わせて、同じく穏やかな笑顔のジェレミーの視線を真っ向から受け止めていた。

「これは手厳しい。けれど残念ながら、ニーアにはまったく食指が動かなかったんですよ」

なんだろう、なにかがおかしい気がする。彼女たちだけではない。ジェレミーもだ。使用人だから侮っているという態度ではないけれど、初対面でこれはあまりにも気安すぎないか。

それは彼らに対する不信感というよりも、仲が良さそうで羨ましいという羨望や嫉妬に近い気がした。

「あの、すみません、先程からうちのメイドたちが失礼な態度を」

「ああ気にしないでください。私も気にしていません」

ジェレミーに向き直って非礼を詫びても、彼は強がりでも見栄でもなく、私に屈託のない笑顔を向けてくれる。その笑みに含みはなく、本当に三人の態度がまったく堪えていない様子だった。

「それで、一応付き合うという形にはなったのですが」

不本意そうな表情でジェレミーが続ける。メイドたちの砕けた態度よりも、ニーアとの過去のほうが余程不快らしい。

「付き纏《まと》われているうちに、苦手どころかすっかり嫌悪の対象になっていましてね。約束の三ヵ月の間はできるだけ会わないで済むよう、のらりくらり躱《かわ》していたら痺れを切らしてしまって。拉致同然に連れ込まれたのです。ブラクストン侯爵家に」

言葉の内容とは裏腹に、晴れやかな笑みでジェレミーが言う。

「だからあの時不機嫌なお顔だったのですね……」

「顔に出てしまっていましたか。お恥ずかしい」

ジェレミーが照れたように自分の口許を手の平で覆う。

なるほど、そんな経緯だったのなら初対面の時のあのむっつりとした表情も頷《うなず》ける。なんと言って連れ込んだのかは分からないが、ニーアには常識や倫理観といったものが著しく欠けている。真面目そうなジェレミーを騙し討ちのように連れてくることも可能だろう。

我が妹ながら、本当にどうしようもない人間性に恥ずかしくなる。

だけど謝る必要はないと何度も言われたので、ただ口を噤《つぐ》んだ。

「ですが、そこであなたに出会った」

思わず俯《うつむ》いてしまいそうになる私に、ジェレミーがうっとりとした口調で言う。

「……私に？」

「ええ。ニーアとしては家族に紹介すれば既成事実として交際を認めざるを得なくなり、なし崩し的に私の考えが変わると浅はかにも考えたのでしょう。ですが残念ながらそうはならなかった」

真面目な表情に戻ってジェレミーがじっと私を見る。その視線の強さにどぎまぎして、なんとなく背筋を伸ばした。

「私は恋に落ち、あなた以外見えなくなってしまったのです」

聞いた瞬間、時間が止まってしまったような錯覚に陥る。周囲の音が全て消えて、私の鼓動だけがうるさく響いているようだった。

なんてことだろう。ジェレミーも同じだったのだ。

彼もあの瞬間、私を。

「そんな……本当に……？」

感激のあまり声が震える。じわりと頬に熱が上り、目に涙が滲む。

こんな都合のいい、奇跡のようなことが起こっていいのだろうか。今話してくれたようなニーアからの仕打ちに耐えかねて、実は私相手にその憂さ晴らしをしようとしているのだと言われたほうがまだ納得できる。

「どうか信じてください。私はあの出会いを運命だと思っています」

だけどジェレミーの表情は真剣そのもので、その眼差しには確かな熱が灯っているように見える。

では、彼は本当に私を――

感動に打ち震える私の肩に、アニーがそっと手を置いた。

「お嬢様、話はまだ終わっていません」

「お気を確かに。この男はそんなロマンチックな雰囲気とはかけ離れています」

「ガチでやばい人なので騙されちゃダメですよぉ」

アニーに続いてハンナとジェマが畳み掛けるように言う。

その断定的な口調に困惑する。彼女たちがこんなに警戒するのは、ただ単にニーアの元彼氏だからという理由だけではないようだ。

いや、警戒というのも少し違う気がする。本気で敵認定して罵倒したいというよりは、軽口を叩いているような感じだ。不思議とどこか親しみのようなものさえある。

それに、妹の元彼氏だからという先入観ではなく、どうにも彼の人となりをきちんと知ったうえでの言葉に思えるのだ。

「……あの、先程から気になっていたのですが、もしかしてうちのメイドたちと面識がありまして？」

「ええ、実は何度か」

おずおずと問うと、ジェレミーがあっさりと肯定した。

「やっぱりそうなの⁉」

振り返って三人に問う。

彼女たちは私の視線を受けて、不服そうに頷《うなず》きを返した。

「どういうこと……？　彼がブラクストン領に来た日に？　いいえそんなに仲良しになるほどの時間、ニーアが話をさせるとも……」

「あの！　裏切ったとかそういうのじゃないですからね⁉」

私の混乱が伝わったのだろう、アニーが慌てた顔で言った。

「もちろんそれを疑う気はないけど……でも、何がどうなってそうなるの？」

「ではそれも含めて、説明をさせていただいてもよろしいですか？」

「あ、はい、申し訳ありません」

穏やかで冷静な声が割って入り、慌てて正面に向き直る。自分から説明を求めたくせに、取り乱して話を遮ってしまったことを謝罪する。

ジェレミーは苦笑を浮かべながら、先程執事の方が用意してくれた紅茶に口をつけた。

私もそれに倣《なら》って紅茶をいただく。程良い温かさと華やかな香りにホッとして、少しだけ心が落ち着いてくれた。

「一応渾身の告白だったのですが。なんとなく邪魔される予感はしていましたけど」

「ごっ、ごめんなさっ」

残念そうなジェレミーの言葉に咽《むせ》てしまう。アニーたちとジェレミーの関係に混乱して訳が分からなくなってしまっていたけれど、確かにジェレミーは私に愛を告白してくれたのだった。

「格好つけさせるわけないですよね」

「さっさと本性晒してフラれるといいですよ」

「等身大のあなたを見せて嫌われてくださぁい」

「ははは、本当にあなたたちは私にだけ容赦がない」

一瞬で真っ赤になって焦る私をよそに、四人はなんだかにこやかに殺伐とした雰囲気を醸し出している。やっぱり仲が良いのか悪いのかよく分からない。分からないけれど、とりあえず今のところは和やかな空気と言えなくもない。

「ま、そんなこんなで、あなた以外とは形だけの交際でも御免だと思ってしまったので、ニーアを振ったんです。三ヵ月経つ前に」

「そんなに私のことを想っていただけていたなんて……」

やはりまだ少し信じられない。あの日も今も、私にはこの人に好きになってもらえるような要素なんてひとつもなかったから。

「いやぁ、びっくりするくらいヒステリーを起こされて参りました」

「フラれたことがないのが自慢と言っているような愚妹で、お恥ずかしいです」

いっそ妹のそのポジティブさを少しは見習うべきかもしれない。

「私もそう聞かされました。それで、どうしても別れたいならお前がフラれたことにしろと」

「……だから捨てたと強調していたのですね」

呆れてものも言えない。昔から自分のプライドを守るために平気で人を貶めるような子だったけれど、まさかこんなくだらないことでまでとは。

「どちらが振ったかなんて心底どうでも良かったのですぐに了承しました。それで交際は無事終了です」

我が妹ながら本当に情けない。あの子は甘やかされ続けてきたせいで、子供の頃から精神が成長していないのだ。

だが振ったのが妹からではなくジェレミーからなのだとしたら、妹の妊娠と私の家督剥奪は彼の復讐であるはずもない。やはりただの偶然で、たまたまタイミングが良かっただけなのだろうか。

でも彼の口ぶりからすれば、まったくの無関係ということでもなさそうだ。

「でもあの、それならどうして……？」

なぜ前触れもなく現れた私たちを、何も聞かずに迎え入れてくれたのか。そして何もかも分かっているような落ち着いた態度でいるのか。

躊躇《ためら》いつつも問うと、彼は少しバツの悪そうな顔をした。

「……今夜はもう遅いので、やはり続きは明日にしませんか」

苦笑しながらジェレミーが言う。

時計を見れば、確かに話を続けるには非常識な時間だった。

「遅くに押しかけて大変申し訳ございませんでした。明日また出直してまいりますね」

「いえ、客室を用意いたしますので、ぜひ泊まっていってください」

そそくさと立ち上がり頭を下げた私に、ジェレミーが当然のように言う。

「ですが、そんな図々しいことは」

「では四人一緒の部屋でお願いいたします」

「夜這いされないか見張っていますのでね」

「寝顔どころか夜着さえ見せたくないのでぇ」

私が遠慮を見せるより早くハンナたちがズケズケと言う。対するジェレミーは「それは残念です」と本当に残念そうに眉尻を下げた。どうやらこのお屋敷に滞在させてもらうのは確定事項らしい。

オロオロする私をよそに、ジェレミーが執事を呼んでテキパキと指示を出す。

ここで固辞するのは逆に失礼になってしまう。それにまだ事の全貌は分からないけれど、アニーたちのジェレミーに対する態度を見ていれば、警戒するようなこともなさそうだ。

「ありがとうございます……それではお言葉に甘えて」

おずおずと言うと、ジェレミーはパッと顔を輝かせた。

「ああよかった」

その嬉しそうな顔を見たら、申し訳ない気持ちは簡単にどこかへ飛んで行ってしまった。

結局、アニーたち共々浴室まで使わせてもらい、広い客室へと案内されることとなった。

恐縮しきりの私たちに、お屋敷の使用人たちは「お気になさらず」とにこやかに応じてくれた。

室内には大きなベッドがひとつ鎮座していて、予備ベッドをいくつか運び入れましょうかと提案されたけれど、丁重にお断りした。なんとなく、今日はハンナたちと一緒に寝たいと思ったのだ。

四人で同じベッドに横になるとさすがに少し狭かったけれど、安心感と幸福感に満たされた。

「明日お話を伺って、無理だキモイと思ったらすぐに言ってくださいね」

早くも眠気が訪れ目を閉じた私に、アニーが真面目な声で言う。

「直接言うのが恐ろしいようでしたら、何か合図を送ってくだされば刺し違えてでもお嬢様を逃がしますので」

逆隣のハンナが思いつめたようなトーンで続ける。

「ふふ、二人とも大袈裟なんだから」

ふわふわした口調で言うと、両側から盛大なため息が聞こえた。

確かにジェレミーは私の知らないところで何か企んでいたようだけど、それは私にとって悪いことだとはどうしても思えなかった。明日全てを聞かされたとしても、彼への恋心が消えることはない。そんな確信めいた思いまである。

とにかく、今の私に不安なんてものはまるでなく、奇妙なほどに無敵感と高揚感で満たされていた。

「ユリア様は呑気すぎますぅ……」

嘆くようにジェマが言うのを最後に、私はすとんと意識を手放した。

◇◇◇

翌朝、オーウェン家のメイドが起こしに来て、私たちの身支度が整うのを待って食堂へと案内してくれた。

朝のうちにすべての使用人に伝達がいったのか、廊下ですれ違う人すれ違う人が訳知り顔の優しい笑みで挨拶をしてくれる。

「おはようございます、ユリア」

「おはよう、ございます」

食堂にはすでにジェレミーがいて、爽やかな笑みにぎこちない挨拶を返すと、ここまで案内してくれたメイドが私たちをジェレミーの正面の席へと促した。

「よく眠れましたか？」

「はい、おかげさまで」

和やかな雰囲気で朝食が始まる。

アニーたちは客人扱いされて困惑しているのか、遠慮がちに温かい食事に手を伸ばす。大勢の使用人に囲まれて、さすがに昨日のようにジェレミーに軽口を叩く余裕はなさそうだ。

「昨夜は中断してしまって申し訳ありませんでした」

「こちらこそ、お気遣いをいただいてしまって……」

約束もなく夜間に屋敷を訪れた非常識に、叱責もなく温かく迎え入れてくれたうえに、客室まで手配してもらったのだ。慣れない馬車に長時間揺られたせいで疲れは溜まっていたけれど、おかげで頭はすっきりとして落ち着いていた。むしろブラクストン家で過ごすよりも心穏やかにいられるくらいだった。

「いえ、一度に話す度胸がなかったのです」

「どういうことでしょうか？」

「全てつまびらかにすることで、嫌われることを恐れてしまいました」

「嫌うだなんてそんな！」

ありえない。

確信を持って否定すれば、ジェレミーは嬉しいような困ったような複雑な笑みを浮かべた。たぶん半信半疑なのだろう。仕方のないことではあるけれど、それが少し寂しく思えた。

「……出会って以来、私はすっかりあなたの虜でした。どうすればお近付きになれるのかばかり考え、再会のチャンスを探していろいろな場所に顔を出すようにしました」

朝食を終えてから、ジェレミーは僅かに瞼を伏せて静かに話を切りだした。

「けれど、どれだけ探してもあなたはどこにも姿を現さない。これには参りました」

「両親に華やかな場への参加を禁じられておりましたので……」

逆らうこともせず、唯々諾々と両親に従ってきたこれまでの自分に今更ながら嫌気が差してくる。

もっと自分の意思を持って、侯爵家の長女が社交界に顔を出さないなんておかしいと主張できていれば。結局はこれ以上嫌われるのが嫌で、流されるばかりだった。

ニーアだけじゃない。成長できていないのは私も同じなのだ。

「ええ。先にそれを知っていればニーアと別れるのを思いとどまっていました。あなたとの唯一の接点でしたのに」

悔しげに眉根を寄せてジェレミーが言う。

「でも、ニーアと交際を続けていたらと思うと胸が苦しいです」

力なく首を振って俯《うつむ》く。

確かに再会の機会には恵まれるかもしれないけれど、長く付き合っていたらニーアに絆されることだってあるかもしれない。そんなこと、考えただけで胸が痛かった。

「ユリア……」

私の嫉妬染みた言葉に、ジェレミーが眩しいものを見るように目を細めた。

「そう言っていただけるならやはり別れて正解でした」

そうして前言を撤回して嬉しそうに笑う。

ジェレミーが私なんかの言葉で一喜一憂してくれるのが嬉しかった。初対面の時の仏頂面が嘘のようだ。

「けれど会う機会を逸して、私はあなたに焦がれ続け、再会するためにあらゆる手段を尽くしました」

「そこまでしていただけるなんて……」

「まず周辺から情報を集めようと、あなたに関わっていたであろう人たちにあなたのことを聞いてまわりました」

「え、あ、ええ」

ジェレミーの声が熱っぽいものから突如淡々としたものに変わって、感激で滲みかけた涙がスッと引っ込む。

なんだか急に恋を語る口調から、領地開拓のための分析をする領主の口調になってしまったような錯覚を覚えたのだ。

「侯爵家長子なのに社交の場にいらっしゃらないのは不自然ですからね。対する妹はあれだけ露出の機会が多い。これはどう考えてもおかしい。そういった状況に鑑み、あなたの生活環境やブラクストン侯爵家にまつわる噂話なんかも調べ始めたのです」

「ああ、なるほど、そういうことでしたか」

私にとってはもう当たり前のことすぎて不満も出なくなっていたが、確かに外から見れば不自然な点だらけだろう。本来の姉妹としての立場が逆転しているのだ。ジェレミーが疑問に思って調べるのも無理はない。

単純にそう思えたのは最初だけだった。

「調べを進めるうちに、あまりの劣悪な環境に眩暈《めまい》がしました。ニーアが生まれてからは差別や贔屓《ひいき》は当たり前。それもわざわざあなたに見せつけるように、思い知らせるように執拗に」

「た、確かにそういった節はありました」

昨夜の甘い空気はすでになく、ジェレミーの口調は徐々に怒りを滲ませていく。

最初はその状況を打開できなかった情けない私への怒りかとも思ったが、どうやらそうではないらしい。彼は純粋に私を蔑ろにしていた両親に腹を立ててくれているのだ。

「愛する人が虐げられているなんて。とても許せません……！」

ぎゅっと拳を握り締めて激情に耐えるような表情をしている。

嬉しいと思う反面、少し調べただけでは分からないようなブラクストン家の内情に詳しいことに驚く。

「あなたへの仕打ちをひとつ暴くたび、彼らへの殺意が芽生えました」

「あの、それはさすがに……」

冗談ですよね？　と笑おうとしたけれど、ジェレミーの顔がどうにも真剣で、なんとなく言葉に詰まってしまった。

「ヤバさの片鱗、お嬢様にも見えてきました？」

隣からアニーの声がする。たぶん、半笑いの顔をしている。長い付き合いだ。そちらを見なくともそれが分かった。

アニーの言う「ヤバい」というのが、何に対するものかはまだ分からないけれど。確かにジェレミーの私への思い入れの強さは、運命だのロマンだののフワフワした言葉で形容するのは難しそうだ。

少なくとも、ジェレミーは他の男性たちとは何かが違う。

そう思わせるには十分だった。

私はなんとも言えない気持ちになり、神妙な面持ちでアニーに小さく頷《うなず》いてみせた。

「それで」

ジェレミーは私たちの態度に気分を害した様子もなく、言いたいことを言ってスッキリしたのか穏やかな口調に戻って先を続けた。

「なんとか衝動を抑えながら調べを続けました。当主夫妻もニーアも、ユリアを蔑むことで己が無能ぶりを隠してきた。そしてそれは年々エスカレートしているようでした。このままではあなたの心が壊れてしまう。そうなる前に何か手を打ちたかったのです」

「エスカレート……正直なところ、あまり実感はありませんが……」

自信なく問いかける。自分のことだというのにあやふやで恥ずかしい限りだが、幼少期から変わらず続く差別としか思っていなかった。

「むしろ最近は『どうせいつものことだ』と心を乱さずに済んでいたように思います」

考えながら返すと、ジェレミーが優しい笑みを浮かべた。

「その理由に心当たりがあるのでは？」

言われてすぐに気付く。

そうだ。ニーアたちに家族と認められなくても、悪意が加速しても折れないでいられた理由。

「きっと、みんながいてくれたからね」

ハンナ、アニー、ジェマに感謝の念を込めて微笑みかける。

「彼女たちが私の心を守ってくれました」

胸を張ってジェレミーに答える。彼は私の言葉に満足そうに頷《うなず》き、私と同じように彼女たちに感謝の視線を向けた。

「……ああ、それでハンナたちに連絡を取ったのですね」

それでようやく彼女たちとジェレミーが面識がある理由に繋がった。

「ええ、そういうことです。彼女たちは間違いなくあなたの味方だとすぐに分かりました」

彼らが親しげなのは、私を守ろうとした結果だったのだ。

「私が調べられるのはあくまでも表層部分のみ。しかし彼女たちから現状の詳細を聞くことができれば、きっとあなたを救い出す手が見つかるはず。そう思ったのです」

「嬉しいです……私は現状を受け入れることしかできなかったのに」

私がジェレミーへの恋心を自覚することすらできずにぼんやり日々を過ごしている間に、彼はこんなにも行動を起こしてくれていたのだ。

「そうは言いますけどねお嬢様。この人、私たちに聞くまでもなくほぼ全部知ってましたからね」

感動しかけた私に、忠告するようにアニーが言う。

「表層とか言っていますがものすごく正確でした。私たちでも知らないような情報まで」

「どこからどうやって聞き出したのか解らなすぎてホント気持ち悪いんですぅ」

ハンナが嫌そうに顔をしかめながら言って、ジェマが身震いをして眉尻を下げる。

「私たちに狙いすましてアポを取ってきたあたりもやばいですよね」

「どうして私たちだけがお嬢様の味方って知ってるのですかって話です」

「完全にピンポイントでしたよねぇ」

私の左右でさざめく彼女たちに、ジェレミーが特に言い訳も説明もなくにこりと笑う。

「彼女たちにはあくまでも事実確認と言いますか」

「嘘です。噂話や周囲の人間の話じゃ聞き出せなかったお嬢様の個人的な好みとか趣味とか詳細に聞き出そうとしてきました」

「寝るときの服装とか休日は何してるのかとか」

ハンナとアニーが厳しい口調で私に告げ口をしても、やはりジェレミーに動じる様子はない。

対する私はといえば、そんなことまで知りたいと思ってくれたのかと頬が熱くなる。

「メモを取ってまで聞いてくるから本当に気持ち悪くてぇ」

「メモは大事でしょう」

嫌そうに顔を歪めながら言うジェマに、ジェレミーはキリリとした顔で応えた。

確かにメモを取ることは大事だ。だけどそれが私に関することなのだと思うとやはり恥ずかしい。

「内容が問題なんですよ！　旦那様や奥様の素行報告はふんふん聞き流すだけなのに、ユリアお嬢様が仕事中に口ずさんでらした歌のタイトルとか、廊下の何もないところでうっかり躓《つまず》いて転びそうになった後で周囲に誰もいないか確認してホッとしてたりとかは熱心に書き留めて」

「そんなことまで報告していたの⁉　というかあの時アニー見ていたの⁉」

「愛らしいエピソードは記録としてしっかり残しておきたいので」

恥ずかしい失敗を知られていたことにさらに顔が熱くなる。

それなのにジェレミーは微笑ましいとばかりにうっとりと笑う。

「それを聞いてますますあなたを好きになりました」

「そんな……でも、好きになっていただけたというなら、まあ……」

「騙されてますよユリア様！」

許容しかけた私の肩を掴んでアニーが正気に戻れとばかりにガクガクと揺する。頭がクラクラしたけれど、ジェレミーがもっと好きになってくれるなら多少騙されていたとしても構わない気がした。

「それに、ご家族の素行問題はあらかじめ頭に入っていましたから。その辺は自分で調べた内容に齟齬《そご》がないか確認したかっただけなのです」

「という口実で私たちを呼び出してお嬢様の個人情報をせしめたかっただけですよね」

「否定はしません」

「してください！」

さらりと笑顔で肯定するジェレミーに、恥ずかしさのあまり反駁《はんばく》する。けれど真っ赤な顔で言っても迫力がないのか、ジェレミーは笑みを深くするだけだった。

「照れているのですか。かわいい人だ」

「やめてください見ないでくださいい汚れます」

両隣からメイドたちの手が私の顔の前にサッと現れて、ジェレミーの視界から強制的に私を遮る。

「照れてるのではなく怯えているのです」

「もう伯爵とはお話したくないですよねぇお嬢様」

「いえ、そんなことは」

同意を求めるようにハンナとジェマが私の顔を覗き込んでくる。けれど羞恥と驚きはあっても、嫌だとか怖いという感情はまったくなかった。

むしろ話を聞けば聞くほど、ジェレミーが私を好きだというのは本当なのだなとじわじわ実感が持てて嬉しかった。

だから「照れている」という彼の指摘は的を射ていた。

「あの、ただ、私ばかりいろいろ知られているのが恥ずかしくて……」

蚊の鳴くような声で言えば、嘆きに似たため息が三人同時に聞こえた。

「……お嬢様の寛大な御心に感謝してください」

「ええ。そういうところも愛しく思っています」

ストレートな言葉にますます頬が熱くなる。

アニーたちはお手上げとばかりに席を立ち、使用人たちの手伝いをしてくると食堂を出て行ってしまった。


彼女たちが席を外したのをきっかけに、少し気分転換をしましょうと誘われ、ジェレミーと二人で庭を散歩する。

季節の花や木、それに止まりに来る小鳥の話など、とりとめのないことを話しながら過ごしていると、幸せな気持ちになるのと同時に妙な焦燥感があった。

ここは穏やかな時間が流れていて、それがなんだか少しだけ落ち着かないのだ。

ブラクストン家ではいつも誰かに監視されているような息苦しさがあって、常にこれ以上両親を苛立たせないで済む方法ばかり考えていたような気がする。

「家のことが気になりますか」

ベンチに腰掛けて足を休めるタイミングで、ジェレミーが苦笑しながら言った。

「……気にならないと言えば嘘になります」

簡単に見透かされて、小さく笑いながら返す。

あんな家もうどうでもいいと思って飛び出してきたくせに、矛盾していると思う。

けれど何もせずのんびり過ごすことに罪悪感があるのだ。私にばかり仕事を押し付けてと苛立っていた時期もあったけれど、結局のところあの家ではそれだけが私の存在意義なのだと、自分でも分かっていた。

「本当に私がいなくて大丈夫なのかしら、とか。変ですよね。口では継ぎたくないなんて言っておいて、頼られるのを期待しているんです、多分」

望むものが手に入ったことなんてなかったから、ずっと諦めていたのだ。もう自分でも自分のことがよく分からない。やっぱりお前がいなくては困るから帰ってこいと言われても、帰る気なんかないくせに。

「あなたを必要とするのが、私だけでは足りませんか」

俯《うつむ》いてしまった私の手に、ジェレミーの手がそっと重なる。思わず顔を上げると、真摯な瞳がまっすぐに私を見つめていた。

「……っ」

言葉にできない衝動が湧き上がって、無意識に彼の手を握り締める。ジェレミーは嫌な顔一つせず、その手を優しく握り返してくれた。

「足りないなんて……っ、私には、過ぎるほどの幸福です」

つっかえながら、それでも今言える精一杯の本心をなんとか紡ぐ。

どうしてこんなに優しくしてくれるのだろう。

きっと彼は私以上に私のことを知っている。それなのになぜ好きだと思ってくれるのか。こんなにも中途半端な人間なのに。アニーたちは彼を「気持ち悪い」と評したけれど、私にはどうしてもそう思えなかった。

「……戻って話の続きをしましょうか」

繋いだ手を引いてジェレミーが立ち上がる。何か覚悟を決めたような顔だった。

「ここで聞かせていただくことはできませんか？」

「そうしたいところですが、アニーたちがいないところで話すのはフェアじゃない」

「どうしてでしょう」

「事実を知る彼女たちがいないと、綺麗な嘘で塗り固めたくなってしまうので」

たぶん、騙されても構わないと思えるくらいすでに盲目になっている。

「……私は、顚末《てんまつ》が何も語られなくても不平を言うつもりはありません」

「ありがたいですが、どうやら私は自分で思っている以上に我儘だったようです」

「我儘？」

「ええ。あなたと話していて気付いたのです。私の汚い部分を知っていただいたうえで、それでもあなたに好きになってほしいのだと」

まっすぐに目を見て言われて胸が高鳴る。そんなことを言われて、嬉しくない人間などいるのだろうか。

「知りたいです……あなたの、全てを」

自然とそんな言葉が唇からこぼれ落ちた。

諦めてばかりの人生の中で、こんなにも何かを渇望するのは初めてだ。そう思える相手に出会えたことを、心から嬉しく思う。

「きっと、嫌いになんてなりません」

確信を持って微笑む。それどころか、ますます好きになる予感しかしなかった。

「そう言っていただけると心強いです」

その言葉を信じてくれたのかは分からないけれど、ジェレミーは少しホッとした表情になった。

軽い昼食の後、一旦頭の中を整理したいと言ってジェレミーは席を外した。その間、ゆっくりと身体を休めてくださいというジェレミーの言葉に甘えて、一度客室へと戻る。話の続きは夕食の後にしてくれるらしい。

「それでは私たちはまたお手伝いに行ってまいりますね」

「ありがとうハンナ。でもなんだか悪いわ、私ばかり休んで」

「何言ってんですか！　今までが働きすぎなんですよお嬢様は！」

アニーが憤慨したように言って、ジェマがくすくすと笑う。

「あたしたち、働いてないと落ち着かないんですよぉ」

「あっ、オーウェン様が訊ねてきてもドア開けちゃダメですよ！」

「私たちもしっかり監視の目を光らせておきますので」

そう言って彼女たちは私の着替えを手伝ってくれた後、また屋敷の手伝いをしに戻った。あんなことを言っていたけれど、屋敷の人たちの私に対する印象が少しでも悪くならないようにしてくれているのだろう。彼女たちにとってその気遣いは、わざわざ主張するほどのことではないのだ。ブラクストンで針の筵《むしろ》だった私を、いつも全力で守ってくれていたから。

もう後継者でもなんでもないというのに、彼女たちの態度は少しも変わらない。屋敷を離れて、改めてその存在のありがたさが身に染みる。

ベッドに横たわると、自分で思うよりも疲れが残っていたようで、すぐにまぶたが下りてきた。

一人きりの静かな部屋で、トクトクと心臓が速い音を刻んでいるのがよく分かる。指の先まで熱が点っている感覚があって、胸の奥がじんわりと温かかった。眠たいはずなのに、ずいぶんと気分が高揚している。

初めて会った時に自覚のないまま恋をして、二度目の邂逅《かいこう》で完全に彼しか見えなくなった。そうして昨日から一緒にいて、ジェレミーの印象がどんどん変わっていく。それなのに私の恋心は、立ち止まるどころかどんどん深いところへと転がり落ちているのを実感していた。

「……私、おかしいのかしら」

目を閉じたまま小さく呟く。

アニーたちは彼のことを貶してばかりだ。もちろん本気で嫌っているわけではないことはもう分かっているけれど、私と同じような気持ちを抱いているようには到底思えない。

彼を知れば知るほど好きになるのは、どうやら私だけらしい。

「ふふっ」

それがなんだか妙に誇らしくて、くすぐったいような笑い声が口からこぼれ落ちた。

「……ニーアとの交際期間は本当に無益なものでした」

夕食後リビングに場所を移して、ジェレミーが改めて切り出す。

「過去の汚点と言ってもいい。けれどあなたに巡り合わせてくれたことには心から感謝しています」

「そんな……」

微笑みながら言われて視界が滲む。こんなふうに言われたのは初めてで、胸がいっぱいになってしまう。

「感動してはいけませんお嬢様」

「手に入れるための手口が汚いんですからぁ」

「外道ですよ外道」

私がジェレミーの口説き文句に聞き惚れそうになるたびに、三人が釘を刺すようにすかさず合いの手を入れる。それがなんだか面白くなってきて、むしろ彼女たちにここまで言わせるなんて一体どんな手段で私をここまで導いたのだろうと楽しみになってきてしまった。

「否定はしません。あなたを救いたいと思ったのも、結局は私のものにしたかっただけですし」

「ホラ！　聞きましたかお嬢様！」

全てを知ってほしいと言ったジェレミーが、その言葉の通り開き直ったように言う。その正直さがいっそ清々しい。

「それで、一体どんな手段を使ってくださったんですか？」

ワクワクして尋ねると、ジェレミーが嬉しそうに顔を綻《ほころ》ばせた。

「情報収集に精を出した話をしましたよね」

「ええ。私でも知らないようなことを知っていらっしゃるようでした」

厭味ではなく尊敬の念を込めて言う。私もそれくらいの能力があれば、もっとブラクストン領の繁栄に貢献できたのにと思うと、少し羨ましく思えた。

「ふふふ。情報は最大の武器です。それらを駆使してあらゆる作戦を考えました」

「あの舞踏会で再会したのは偶然ですよね？」

ジェレミーがいくら情報収集が得意でも、あの日私が参加することまでは分からなかったはずだ。

だってニーアが体調を崩したのには何の前触れもなかったし、私を代役に立てることにしたのだって、私の言動に苛立ったニーアの八つ当たりにすぎない。ブラクストン家が参加するという情報だけで私がいる可能性に賭けるには、無謀と言える。

だとしたらあれはやはり運命とか奇跡とか、そういうものなのではないか。

「そう無邪気に問われると非常に申し上げづらいのですが……」

期待に満ちた顔で続きを催促する私に、ジェレミーは困ったような顔で笑う。それから短く嘆息した後で申し訳なさそうに口を開いた。

「残念ながらあれは必然です」

「ええ？」

きっぱりと言い切られて戸惑う。そんな私とは正反対に、アニーたちが「やっぱり……」と呆れ交じりのため息をついた。

「ど、どういうことなの？」

一人取り残された私は、困惑しながら彼女たちに視線を巡らせる。

「仕組んだんですよね」

「ニーア様が家を継ぎたくなるように」

「あの人、単純ですもんねぇ」

私ではなく、ジェレミーに愉快そうな笑みを向けてアニーたちが言う。私には見せたこともないような悪い笑顔だ。

「え？　待って、一体どこからなの？　どの時点からジェレミーの思惑が絡んでいるの」

「まあ、強いて言うなら最初から、でしょうか」

納得顔のハンナ達が次々と心当たりを口にしていく中、まったく話についていけない私にジェレミーがますます理解しがたいことを言う。

「おかしいと思ってたんですよ。ユリア様ならともかく、ニーア様の男性の好みを詳細に知りたがるんですもの」

「最初二股でもかけるつもりかって腹が立ちましたけど、すごい冷静な目をしてましたしね」

「爬虫類っぽさありましたよねぇ。ああ気持ち悪い」

ジェマが身震いしながら自分の身体を抱きしめた。

「だけどとても上手くいったでしょう？　その知らせを聞いた時、どう思いました？」

散々な言われようにも泰然としているジェレミーが、彼女たちの本音を探るように問いかけて小首を傾げる。可愛らしい仕草に、そんな場合ではないというのに胸がときめいてしまう。

「……いえ、まあ、もしや伯爵の策にハマったのでは？　と」

「快哉《かいさい》を上げたい気持ちもなくはありませんでした」

「ニーア様って本当に残念な頭なんだなぁって思いましたぁ！」

一応言葉を選ぼうとしていたアニーとハンナに続き、ジェマが元気に辛辣な感想を述べた。それを聞いてようやく気付く。

「もしかして……ニーアの妊娠もその計画の一部、ですか？」

「ここまで上手く事が運ぶとは思いませんでしたが」

おそるおそるした質問にごく軽い調子で肯定されて、ごくりと息を呑む。

まさか、本当にそんなことがあるなんて。

「アニーたちの言う通り汚い手を使いました。そこは言い訳できません」

懺悔《ざんげ》するように、けれど目を逸らすことなくジェレミーが言う。

「ただ、後悔もしていません。早くケリをつけるにはこれが一番だと判断しました」

「そう思われたのは……両親の悪意がエスカレートしているから、ですか？」

今朝言われたことを思い出しながら問う。妊娠が本当にジェレミーの策略のうちだと言うのなら、私が発作的なプロポーズをする前のことだ。婿入り云々の問題以前から彼は動き出していてくれたのだろう。

「彼女たちが守ると言っても、いつまで続けられるか分からない。当主がクビを言い渡せばそこまでですしね」

ジェレミーの懸念通り、その可能性はいくらでもあった。ニーアの気まぐれで辞めさせられるメイドは後を絶たない。だからこそハンナたちはニーアに表立っては逆らわず、機嫌を損ねないようになるべく距離を取るようにしてもらっていた。

「だから一刻も早くあなたを解放したかった。それも、あなたを虐げた者たちに最大限のダメージを与える形で」

昏《くら》い笑みでジェレミーが言う。ゾッとするような残酷さがあるけれど、その表情に惹きつけられて目が離せなかった。

「ユリアへの態度を改めるよう言ったところで、ご両親が私のような若造の話を聞くわけもない。あなたに直接会って説得しても、あなたは優しいからきっと自分からは彼らを切り捨てることはできない。ならば誰を狙うべきか」

淀みなくジェレミーが言って、唇を湿らせるように紅茶に口をつけた。

彼の言いたいことはすぐに分かった。ブラクストン家はニーアを中心に回っている。それは火を見るよりも明らかだ。

「あなたも分かっていたでしょう。その有効性に」

ジェレミーの言葉はとても正しい。変に小細工をしたり両親を説得したりするより、ニーアの気を変えるのが一番早いのだ。我が家のことを詳しく調べたと言っていたから、よく理解していたのだろう。

「……ええ。ですが私には妹の心を動かすことはできません」

ニーアは私の思惑通りに動くことが何より嫌いだった。見下していた姉の言うことなんて、たとえ良いアドバイスだとしても聞き入れてはくれなかった。

「それはあなたが優しいからですよ。まっすぐで正しい人だから、嘘をついたり騙すという手段を選べなかっただけ」

「その点オーウェン様は真っ黒でねじ曲がったお方なので簡単でしたよね」

「選び放題の手段の中から一番ひどいの選んでそうです」

「ユリア様じゃ絶対思いつかないえげつないやつぅ」

すかさずメイドたちが囃し立てて、ジェレミーは否定もせずに「ふふふ」と笑った。

たぶん彼女たちの言う通りなのだろう。この短い時間だけでもだんだんと彼のことが分かってきた。きっと私では考えもつかないような遠大な計画を立てたのだろう。それこそ、出会ってからの一年間全てを費やすような。

「最初から、というのはもしかして、ニーアと別れてすぐですか？」

「そうです。私が思い通りにならなかったのが余程悔しかったのか、手当たり次第手を出すようになりましたよね」

「ええ、その頃から同時進行が当たり前になりました」

ここのところ素行の悪さに磨きがかかったなとは思っていたけれど、ジェレミーから別れを切り出されたのだと聞いた後なら納得できる。自分の魅力が通じなかったなんて思いたくないから、大勢にチヤホヤされることで自信を回復したかったのだろう。

「その状態なら、手を回すのは簡単だなと気付いたのです」

そう言って目を細め、同志へのアイコンタクトのようにアニーたちへと視線を向けた。

「いろいろ聞かれましたよ、元カレたちの特徴とか共通点とか」

「ニーア様の自慢話の中で特に何度も語られる好みのシチュエーションとか」

心得たようなタイミングでハンナとアニーが提供した情報を指折り数え上げていき、ジェレミーが嘆息する。

「聞けば聞くほど軽薄な男たちばかりで、その一覧に書き加えられたのかと思うと反吐が出そうですが」

「お気の毒さまですぅ」

ぷす、と笑い声を漏らしながらジェマが言う。ジェレミーは苦笑を返すだけだ。これが彼らの会話のテンポなのだろう。内容のわりにやはり険悪さとは無縁で、雰囲気は和やかだ。アニーとハンナもジェマの言葉にニコニコしているし、咎めるのも違う気がして、もう何も言わないことにした。

「それから別れた理由なんかも探りつつ、完璧なニーア好みの男を作り上げました」

「作り上げた？」

「はい。私の知る限り一番顔のいい男を選んで。性格も口調も変えさせ、偶然の出会いを装ったうえで身元を明かさず、あえてミステリアスさを演出してみました」

「……………あっ！」

そこまで言われて思い当たる節があった。

アニーが教えてくれた五人の交際相手のうちの一人。

「謎の美男子Ａ⁉」

勢い込んでそう言うと、ジェレミーは心底愉快そうに笑った。

「あなたたちの間ではそう呼ばれていたのですか？　秘匿感があっていいですね。ちなみに、彼の本名はグラハムと申します」

軽やかな口調でジェレミーが言う。イタズラが成功したみたいな子供っぽささえ感じる。

驚きの新事実と、また新たな魅力を発見してしまった喜びが混在して感情が忙しい。

「酔いつぶれた貴族の懐を狙うケチな犯罪者でしてね。過去にカモにされそうになったのを逆に捕まえて説教して以来の仲なんです」

「お友達になられたのですか？」

その豪胆さに感心して、思わず目が丸くなる。

「あちこちの街に出入りしている男だったので、正式に雇って領内の情勢を探る情報屋になってもらったのです。顔の良さが抜きん出ていたので、ニーアの相手役に抜擢してみました」

現行犯を押さえられている平民にしては破格の扱いだ。領地によってはその場で手を斬り落とされても文句は言えない。

「そんなに整った容姿をしているのですか」

「ええ。頭の回転も速いし口も上手いので適任でした。貴族《カモ》に近づくために紳士の振舞いも必死で覚えたようです。生まれさえ恵まれていれば、ひとかどの人物になっていたでしょう。実際、給与を払って仕事をさせたら盗みの必要もなくなって真っ当に生きていました。そんな彼に詐欺師の真似事をさせるのは心苦しかったな」

眉根を寄せてため息をつく。その表情に悪びれたところはなかった。

「絶対嘘ですよね」

「札束叩きつけて命令したのでは」

「ちょいちょい好感度上げようとするのやめてくださぁい」

「あはは」

三人の言葉をジェレミーは否定せず、ただ朗らかな笑い声を上げた。

つまりはたぶん、そんな感じなのだろう。

だんだんと私にもジェレミーという人が分かってきた気がして嬉しい。

「まぁそれはともかくとして。ニーアがよく出入りする店を中心にグラハムを派遣して、運命的な出会いを何度か果たした後で飲みに誘わせたんです。簡単に引っ掛かりましたよ。警戒もせずにね」

警戒どころか、さぞ気をよくしたことだろう。男性から声をかけられるたび飽きずに報告してくるニーアだ。たとえ得体の知れない人間だろうと、自分の容姿が気を惹けたことに満足するらしい。

「最初は付き合ってやってるという態度だったニーアでしたが、すぐにグラハムに夢中になってくれました。なにせニーア用に綿密に作り上げた人格ですから」

「それにしてもすごいです……身元不詳の状態でニーアに好かれるなんて」

いくらニーアが面食いだと言っても、さすがに付き合うとなるとお金や地位や箔なんかも重視する。その証拠に今までは絶対貴族が相手だったし、私や他のご令嬢に自慢できるようなアピールポイントが必ずあった。

それができない相手に夢中になるなんて、余程本気だったのだろう。ジェレミーの企みは、見事にニーアのツボを押さえていたようだ。

「それでまぁ、この辺が特に大変言いづらいのですが、グラハムには『行けるところまで行け』と指示を出しておりました」

「では、やはりニーアのお腹の子の父親は」

ごくりと息を呑んで問うと、ジェレミーは深く頷《うなず》いた。

「彼女の希望で、ロクに避妊もしなかったようですから」

「なんてこと……」

考えなしな妹だとは思っていたが、まさかそこまでとは。呆れてものも言えない。

「子供ができたら結婚せざるを得ない。その相手が貴族でないなら、適当な男を見繕って父親に仕立て上げるしかない。ニーアの単純な頭で考えそうなことです」

「あまりにも浅はかな妹で頭が痛いです」

思わず嘆いて頭を抱える。

「フラれた場合の行動も簡単に予測できました。私という前例がありましたしね。きっと腹癒せに無関係な人間を巻き込むはずだと」

「そしてまさにその通りになって、私を追い落とすことにしたわけですね……」

せっかく回復しかけていた身体にドッと疲れが戻ってくる。

ニーアだってもう大人と呼べる年齢なのに、その場限りの感情で行動する幼稚さにうんざりしてしまう。

もしグラハムが逃げなかったらどうするつもりだったのだろう。繰り広げられたかもしれない修羅場を想像してゾッとする。「彼がお腹の子の父親よ」と紹介していたら、いくら妹に大甘な両親だとしてもさすがに大反対だったに違いない。

「……グラハムさんはニーアに恋をしなかったのですか？」

なにせニーアは外側だけなら完璧だ。中身だって、好みの男性の前であれば完璧だったかもしれない。そんな彼女と、雇用主の命令とはいえグラハムは蜜月を過ごした。もし彼もニーアに恋をしていたら、駆け落ちなんて道もあったのではないか。

「ありえません。グラハムの嫌いなものは『努力をしない金持ち』なので」

肩を竦《すく》めてあっさりとジェレミーが否定する。

「だからこそ彼を選んだというのもあります。もし一緒に逃避行でもされようものなら、計画が台無しになりますから」

「でも、ニーアの美しさに絆されるなんてことも」

「彼女に触れると鳥肌が立つと涙目でしたよ。妊娠の兆候を感じたら私が指示するまでもなく姿をくらましましたし」

「確かにそれは……お話を聞く限りでは努力家のようですものね」

生まれが貧しかったがゆえに辛酸を嘗めてきた彼にとって、貴族の名の上に胡坐《あぐら》をかいて好き勝手してきたニーアなど『努力をしない金持ち』の代表のように見えたことだろう。もしかしたらその美しささえ、金に飽かせて得たものだと嫌悪していたのかもしれない。

「努力の方向、完全に間違ってますけどね」

「犯罪はダメですよねぇ」

「巡り巡って変態に拾われちゃったしね」

「素晴らしい巡り合わせです。神に感謝しなくては」

白々しい笑顔でジェレミーがメイドたちの言葉に頷《うなず》いて、おざなりに祈りのポーズをして見せた。

実際は神様を信じていないということがよく伝わる仕草だった。

「これがこのお話の真実です。神の起こした奇跡なんかではなく、生臭く私欲に満ちた裏側をお見せしてしまい申し訳ありません」

ジェレミーがぺこりと頭を下げて、自嘲するように笑う。その複雑な表情が、強く私の胸を打った。

「……今回のことが奇跡や偶然じゃないと知って、失望する気持ちは露ほどもありません」

静かに言う。私だって神様を信じたことはない。祈ったところで事態が好転することはないのは身をもって実感していたし、世界は私のために存在するわけでもないのをとうの昔に理解していた。

そんな世界を、ジェレミーは力づくで変えようとしてくれたのだ。

「むしろあなたがしてくださったことを知って、心から感謝しています」

言いながら、涙が滲んで声が震えそうになる。

「どういたしまして……と言いたいところですが」

深々と頭を下げた私に、ジェレミーが気まずそうに言って眉尻を下げる。どうしてだか叱られた仔犬のような目をしていて、思わず撫でたい衝動に駆られるのをグッと堪えた。

「勝手なことをして本当に申し訳ありませんでした」

「やだ、やめてください、謝られるようなことなんて何もありません」

なぜか頭を下げようとするのを慌てて止めると、ジェレミーは自虐的な笑みを浮かべた。

「いいえ。結果的にあなたがブラクストンの名に執着がなかったから良かったものの、もし自分の力で家族を立て直したいと思っていたのなら、私のやったことは最悪手です」

恥じ入るように視線を下げて、それも潔くないと思ったのか、再び私の目を見て口を開く。

「あなたの意思を意図的に無視しました。あなたを手に入れたいという我欲のために。そしてそれすら隠そうとした」

「でも、本当のことを話してくださいました」

「それだって私のためです。あなたの前では誠実でいたいと思ってしまったから。自分のせいで私が暴走してしまったと罪悪感を抱く可能性もあったのに」

罪悪感。少し考えてみたけれど、そんなもの微塵も感じていない。むしろ長年思い煩わされていた妹が、ジェレミーにいいように転がされているのが痛快ですらあった。

今まで「仕方ない」「私に落ち度があるのだ」と諦めるだけで、妹をどうにかしようなんて本気で考えたこともなかった。そのほうが立ち向かうより楽だったから。

だけど本当はずっとこうしたいと思っていたのではないのか。

ずっとずっと妹を痛い目に遭わせてやりたいと願っていたのではなかったか。

きっとそういう醜い気持ちを心の奥底に沈めて、見ないふりをし続けてきたのだ。

自分の下衆さを自覚して恥じ入るように俯《うつむ》くと、ジェレミーが重いため息をついた。

「……私は嘘つきで性格も悪く、根性は捻じ曲がっています。アニーたちの評価は間違っていません。だからどうしても無理だというのなら、私へのプロポーズは取り消していただいて構いません」

そこまで言って、ジェレミーは深く長いため息をついた。

「……いいえ本当は嫌です。あの日の言葉を盾に、無理やりにでも結婚に持ち込みたい。家族と縁を切るきっかけを作ったことを恩に着せて、一生私のもとで暮らしてほしい。可能であればこの屋敷に閉じ込めてどこにも出られないようにしたい」

「出た」

「本当に気持ち悪い」

「そういうとこがダメなんですよぅ」

その企みにうっかり「いいかも」と思ってしまった私をよそに、アニーたちが思い切り顔をしかめて畳み掛けるように言う。

「この通り包み隠さず接した結果が彼女たちです。情報交換の度に『粘着キモい』と蔑まれ続けてきました。なので本当に、遠慮なさらずにおっしゃってください」

覚悟はできています、と悲しそうな顔で切々と訴える。

私に断る余地を与えるのは本意ではないというのが手に取るように分かる。

けれどそれでも軟禁案を黙って実行しないのは、ジェレミーの優しさだろう。

「家に戻らないつもりなら王都で働き口をご紹介することもできます。住む場所の手配ももちろんお任せください。貴族の養女となることだって可能です。戻るというのであれば、ニーアを追い落としてあなたをあの家に戻す算段もすでにつけてあります。だから容赦なく断ってくれて構いません」

辛そうに、それでも微笑を浮かべながらたくさんの選択肢を与えてくれる。私が困らないように、本気で私の気持ちを優先するつもりでいるのだ。

「ただ、あなたを愛する気持ちだけは本物だと知っていてください」

静かに言い添えたのを最後に、部屋の中がしんと静まった。

彼はたぶん、私が断る前提で話している。逃げ道をたっぷり用意して、それでも自分を選んでくれる可能性に賭けてくれた。

そうして最後に伝えたいことは、私を本気で愛していることだけだなんて。

こんなに熱烈に愛されて喜ばない女がいるのだろうか。いいや、もしかしたらニーアのように気が多く、好意を見せればいくらでも返してもらえるような人間なら鬱陶しがるのかもしれない。

だけど私にはこの人だけだ。この人だけを愛しいと思い、この人にだけこんなにも愛されている。

その事実が、全身が打ち震えるほどに嬉しかった。

家名に縛られ、逃げることも考えられず、奴隷のように尽くしてきた私を解放してくれた。なんの取り柄もない私を見つけてくれた。知ろうとしてくれた。そして私にだけは誠実であろうとしてくれた。

ジェレミーの性格が悪いというのなら、妹が罠にハマったのだと知って喜ぶ私も大概だ。ブラクストン家の末路の予測がつくのに、なるようになればいいと愉快な気持ちさえある。

ずっと捨てたかったのだ。家族も家も。私というつまらない人間も。

ジェレミーは、私が自分ですら見ないふりをしていた願いを叶えてくれたのだ。労力や時間を惜しまず費やしてくれたのに、その見返りを要求することもせずに。

そんな人を、私から手を振り払って逃げるなんてこと、あるわけがないのに。

だけど、本当に彼の手を取ってしまっていいのだろうか。そんな不安が微かにあった。

「さて、少し話が長くなってしまいましたね」

私の迷いを察したのか、私の返事を待たずにジェレミーが明るい声で言う。

「続きはまた明日でもよろしいですか？」

「え、ええ、それはもちろん」

「今日一晩よく考えてみてください。私がしてきたことを踏まえて、どう思ったかを。そしてあなたが何を本当に望んでいるのかを、じっくりと」

「私の、望むこと……」

それを考えるのは苦手だ。どうせ叶うことはないからと、とうの昔にやめてしまったから。だけど今はそんなことを言っている場合ではないと分かっている。

「……わかりました」

真剣な顔で深く頷《うなず》く。

見返したジェレミーの目は、不安で揺れているように見えた。

ベッドに入って、ジェレミーの言う通りじっくりと考える。

単純に恋心だけで決めていいものではない。私の返答次第でブラクストン領の未来も決まってしまうし、このオーウェン伯爵領だって領主が政略的になんの得にもならない女を妻を迎えることになれば面白くないはずだ。

彼の深い愛に、彼の期待に、応えられるほどの何かが私に本当にあるのだろうか。

そんな不安のせいで、すぐに彼の手を取ることができなかった。

私は彼を知るほど想いが深まったけれど、ジェレミーもそうだとは限らない。彼は私に真実を伝えて嫌われるかもと危惧していたけれど、失望されるかもしれないのは私のほうなのだ。

いろんな可能性を考えて、ごちゃごちゃになった私の頭の中に、それでも、と強い感情が湧き上がる。

それでも、私は彼といたい。

全て諦めてきた人生だったけれど、ジェレミーのことだけは誰に何を言われようと諦めたくない。

そう思えた。

「……お嬢様」

明かりの消えた部屋の中、ハンナの遠慮がちな声が聞こえる。

「私たちは、どんなご決断をされようともお嬢様についていきますので」

そのまっすぐな言葉にじわりと涙が滲む。

「当たり前でしょ。言う必要ある？」

「ちょっと水を差さないでよアニー」

「なによ、自分ばっかいい子ぶって」

「先に言われたからって勝手にいじけないでくれる？」

「もぉー、二人ともうるさぁい」

ジェマが割り込むように言って、毛布を頭まで引き上げる。

そのやり取りに自然と笑みが浮かぶ。

私の決断は間違っているのかもしれない。恋に浮かれて誤った道を進もうとしているのかもしれない。

だけど。

こんな私でも信じてついてきてくれる彼女たちがいるから。

「ありがとう。大好きよみんな」

アニーたちにもジェレミーにも、後悔させないような自分になろう。

そう心に決めて、彼女たちの体温を感じながらゆっくりと目を閉じた。

◇◇◇

翌朝再び食堂に集まると、覚悟を決めた顔のジェレミーが先に席についていた。

「おはようございます」

口調も表情も硬く、無理に笑おうとしているのがよく分かった。

「おはようございます。あの、食事を始める前によろしいですか」

ジェレミーが何か言うより先に告げる。だけどそこから言葉に詰まってしまった。

言いたいことはたくさんある。だけどどう伝えていいのか分からない。屋敷に閉じこもって仕事ばかりしていたから、人間関係の構築が致命的に下手くそなのだ。仕事としてなら当たり障りなく対応することができても、色恋沙汰となるとそうもいかない。

上手い言葉を探せずに何も言えない私に、ジェレミーが悲しそうな微苦笑を浮かべた。

「やはり無理でしたか」

「いいえ！」

自嘲気味な言葉に慌てて首を振る。

本来ならばこの用意周到さを恐れるべきなのかもしれない。人を雇って妹を妊娠させた非人道的行為を責めるべきなのかもしれない。

だけど、そんなことはもうどうでも良かった。

「……私の気持ちは、あの日のまま変わっていません」

距離を詰める方法もここに至るまでの手順も確かにでたらめだ。

だけどそこまで自分を想ってくれていたのだと思うと、どうしても嬉しいという思いが勝る。好きになった人に深く愛されているのだ。嫌いになるわけがない。むしろますます愛しい気持ちが募って、一晩中胸がいっぱいで苦しかったくらいだ。

「いいえ、もっと深いものへと変わりました」

真っ赤な顔でそんなことを言う私を見て、ジェレミーが破顔した。

「それは、私の愛を受け入れてくれると考えてよろしいのですか」

「ええもちろんです。ここに来てからずっと、夢を見ているみたいです。まさかこんなに想っていただけていたなんて」

頬の赤みを隠すように両手で覆う。完全に舞い上がっている自覚はあった。

「重いとは感じませんか」

「そんなこと……それに重さで言ったら、私もなかなかのものだと思います」

ジェレミーの問いに笑いながら答える。

「あなたはご自分のことを歪んでいるとおっしゃいましたけれど、きっと私も歪んでいるのでしょう。だってあなたの歪みが分からないのですもの。もしかしたらあなたにぴたりと沿うような形をしているのかもしれません」

それに、二度目の対面でいきなりプロポーズをするような女だ。案外釣り合いが取れているのではないか。

「結婚を申し込んだのは私のほうが先ですし」

そんな気持ちを込めての言葉に、ジェレミーは一度瞬いた後で楽しそうに笑った。

「まさかあの場でプロポーズされるとは、さすがに思いませんでした」

「私もです……いろいろと慎重な人間のつもりだったのですけど」

「あなたは妹の仕掛けたドッキリかと聞きましたが、私のほうこそニーアが仕組んだ罠かと疑ってました」

いたずらっぽい表情で言われて思わず笑う。

「ふふ、それなのに受けてくださったんですか？」

「ええもちろん。たとえ罠だろうと、あなたを手に入れるチャンスを逃すわけにはいきませんから」

冗談めかして、けれど真剣だと分かる口調に胸が高鳴る。

思わず胸元を押さえると、ジェレミーが姿勢を正してまっすぐに私を見た。

「……私の、妻になっていただけますか」

笑みの気配を消してジェレミーが言う。

これに頷《うなず》けば、私の人生は大きく変わることになるだろう。

けれどもう躊躇《ためら》いなんてひとつもなかった。

「ええ、喜んで」

了承の返事をするのと同時に、左右から深いため息が一斉に聞こえて苦笑する。

「ごめんなさい、あなたたちが心配してくれたのに。でも私、どうしてもジェレミーがいい。彼以外は考えられないの」

許しを請うように言えば、彼女たちは呆れたような諦めたような笑みを浮かべた。

「別に反対はしておりません。伯爵のお嬢様に一途なところは認めております。いささか行きすぎてはいますが」

「懐が深いところも、お嬢様には格別にお優しいところも重々承知しております。胡散臭い笑みのせいで台無しですが」

「手回しの良さも能力の高さも素晴らしいですけど、ただただ気持ちが悪いんですぅ……」

やはりアニーたちはジェレミーのことを嫌っているわけではないらしい。それにいくら失礼なことを言われても、ジェレミーは鷹揚に笑うばかりだ。怒った様子は微塵もない。私のことで何度も顔を合わせるうちに、彼らなりの信頼関係を築いてきたのだろう。

「……アニーたちのこと、全然気付きませんでした」

「最初はものすごく警戒されていましたよ。ただでさえニーアと付き合っていた人間ということで軽蔑されてましたしね」

確かめるように三人を見ると、ツンと澄ました顔で当然だと言わんばかりだ。

「まぁ完全なるマイナススタートだったおかげで、下手に取り繕う必要もなくなりましたが」

「あ、開き直ったな、ってすぐ分かりましたよ」

「嘘っぽい笑みが胡散臭い笑みに変わりましたものね」

「だからっていきなりユリア様への偏愛ぶりを遺憾なく発揮しなくてもよくないですかぁ？」

当時の不満がぶり返したのか、彼女たちが口々に文句を言う。

「……よくその状況で情報提供に協力してもらえましたね」

「彼女たちもあなたを現状から救いたいとずっと思っていたからでしょう」

「あたりまえです」

「ユリアお嬢様は自分の不幸に鈍感ですからね」

「追い出されないだけマシくらいに思ってましたもんねぇ」

「それはもう、返す言葉もないわ……」

ジェレミーの言葉の後にすかさず容赦のない追撃があって、自分の不甲斐なさに肩が落ちる。

「敵視されるのは覚悟のうえでしたよ。けれどユリアを救い出したいという想いは一致していたので、予想より早く協力体制に入ることができました」

にこりと笑ってジェレミーが彼女たちに親しげな視線を向ける。

それを受けてアニーたちが気恥ずかしそうに目を逸らした。

「……ユリアお嬢様の幸せのためならなんだって踏み台にします」

「たとえ病的にお嬢様に執着する男でもね」

「愛があるだけ旦那様たちよりはよっぽどマシなのでぇ」

彼女たちの想いを改めて知って、胸がいっぱいになる。

家族には愛されなかったけれど、私はこんなにも恵まれていたのだ。

「……っ」

思わず泣きそうになって目尻を拭う。それに気付いたアニーが嬉しそうに笑った。

「私たちの愛の深さも知ってくださいました？」

「今からでも前言を撤回するのは遅くはありません」

「やっぱりあたしんちで農業しましょうよぉ」

「それは困ります。ユリアはもう私のものですので」

「っ、ふふっ」

両手で顔を覆いながら、彼女たちのやりとりに涙ではなく笑い声がこぼれ落ちる。

彼女たちにもジェレミーにも伝えたいことはたくさんあったけれど、いま口を開くと嗚咽が漏れてしまいそうだった。

第三章

「ご苦労様、ハンナ。それで、どうだった？」

「クソでした、とだけ」

コートを脱いでいる途中のハンナに問うと、苦虫を噛み潰したような顔で返される。

思わず苦笑すると、彼女は眉間のシワを薄くした。

「口の悪さがアニーに似てきたわ」

「それは失礼を。以後気をつけます」

「別に構わないけど……でもどうやら、予想通りだったみたいね」

ジェレミーのプロポーズに頷《うなず》いた日から三日が経つ。

その間、ありがたいことに私たちはそれぞれに部屋を与えられ、オーウェン伯爵家へ逗留《とうりゅう》させてもらっていた。

家への報告は気が重かったが、さすがに何も知らせないと後々面倒なことになりそうなので、仕方なくハンナを向かわせた。戻ってきた彼女をソファに座らせお茶を淹れる。ハンナは恐縮しながら、恭《うやうや》しい手つきでそれを受け取った。

少し落ち着くのを待って詳細を聞かせてもらう。

片道数時間かかる道のりを一日と掛けずに戻ってきたということは、ロクなことにならなかったのだろうことは想像に難くなかった。

「こちらが端的に結果だけ伝えたら、後はもうずっとニーア様のお話を聞かされるだけでした……」

見事に予想通りの結果が返ってきて思わず笑ってしまう。

「そう。まぁそうでしょうね。聞いてくれただけでもありがたいわ」

ジェレミー・オーウェン伯爵と結婚することにしました。

これだけ伝わっていれば重畳《ちょうじょう》だ。そこに至るやりとりや感情の動きなんて、彼らに知られたくもない。

「悔しくはないのですか」

「ええまったく。だって私、幸せだもの」

うっとり微笑んで言うと、ようやくハンナも表情を緩めてくれた。

「寒い中わざわざありがとうハンナ。本当は私が行けば良かったのだけど」

「いいんです。どうせあの方が止めたのでしょうし」

ホッと息を吐いてティーカップに口をつけるのと同時に、ドアをノックする音が聞こえた。

「どうぞ」

「やぁユリア。朝よりもなお美しいですね。お茶を淹れていたんですか。気に入った茶葉があったら遠慮なく言ってくださいね。買い足しておきますので……おや、ハンナいたのか。おかえり」

流れるように優雅な動作で入ってきたジェレミーが、まっすぐに私を見て言った後にハンナに目を止めた。

「私に気付くの遅すぎませんか」

「ユリアしか目に入っていないものでね」

真顔でハンナが抗議するが、ジェレミーに堪えた様子はない。

それもこの数日でもうすっかり見慣れた光景だ。

「ふふ、ようこそジェレミー。お仕事は休憩かしら」

「ええ。それであなたの顔を見に。本当は仕事中もずっとあなたを眺めていたいのですが」

「さすがにそれは恥ずかしいです」

照れ笑いを浮かべると、ジェレミーが「そんな奥ゆかしいところも好きです」と笑ってくれた。

ここに来てから、ずっとジェレミーに褒められっぱなしだ。これまで生きてきた二十年ほどでもらえなかった分が一気にもらえた気分で、正直キャパシティをオーバーしている気がする。

それでも彼が私以上に嬉しそうに愛を込めて言ってくれるので、素直に受け取ることに抵抗はなかった。ハンナに衒《てら》いもなく幸せだと告げることができるのは、間違いなくジェレミーのおかげだ。

ジェレミーはソファまで来ると私の隣に腰を下ろした。向かいに座るハンナが嫌そうに顔を顰《しか》める。

「当然のようにお嬢様の隣に座らないでいただけますか」

「私の妻となる人なのに？」

ニコニコしながらジェレミーが言って、ハンナがいっそうの渋面を作った。

「それで、ご両親の反応はどうだったんだい」

「……おおむねお嬢様が予測された通りでした」

ジェレミーの問いに一拍置いた後、表情を戻したハンナが淀みなく答える。

相変わらずジェレミーへのなんとも形容しがたい感情は消えないようだけど、そういう私情を挟まない優秀なメイドなのだ。

「ふむ。ニーアはやはりレスリーと結婚することになったのか」

「はい。屋敷中浮かれきっておりました」

「へぇ、それは良かった」

言葉とは裏腹に、ジェレミーがどことなく意地の悪い笑みを浮かべた。

また何か企んでいるのかもしれない。気にはなったが、彼が楽しそうなので何も言わないでおく。

「それで、ユリアは我が家がもらい受けて良いと？」

「ええ。好きにして構わないが持参金は期待するなと」

ハンナは言葉を選んでくれたが、たぶん父は「どうでもいい」とか「知ったことか」という類の言葉を吐いたのだろう。今はニーアの婿を迎える準備で忙しくてそれどころではないだろうし、そうでなくても私に興味の薄い人だ。本当に、心からどうでもいいのだろう。

「仕事の引継ぎなんかに関することは言っていなかったかしら」

「もともと自分たちでやっていたのだから問題ないとのことでした」

まあそう言うだろうな。分からない部分があっても、私に頼るのは嫌だろうし。

一応、両親の手をほぼ離れてから増えた仕事については逐一手順や資料をわかりやすくまとめていたが、素直にそれらを参照してくれるかは謎だ。

「仕事のことを気にするなんて本当に真面目な人だ。ユリアが出た後の家など滅んでしまえばいいのに」

さらりと爽やかに生家の滅亡を願われて思わず笑ってしまう。

確かに今後立ち行かなくなってブラクストン家が取り潰しになっても、私もジェレミーも困らないのだけど。

「……お嬢様、本当にこのお方でよろしいのですか」

胡乱《うろん》な目でジェレミーを見ながらハンナが言う。

「ええもちろん。言ったでしょう。私、今とても幸せなの」

「ユリア……」

心の底から肯定すると、隣から感激したようなため息交じりにジェレミーが私を呼んだ。

身体ごと視線をそちらに向け、目を合わせて微笑む。

「愛していますユリア」

「ええ、私も」

そっと手を取り見つめ合うと、横目にハンナが頭を抱えるのが見えた。

「……伯爵はお嬢様の生育環境に甚大な問題があったことを感謝すべきです」

「あらどうして？」

ジェレミーに向けて言われたハンナの言葉に、関連性がよく分からず思わず首を傾げてしまう。

「伯爵の異常なほど深く重い愛を受け入れられるのは、幼少期からの著しい愛情不足ゆえです。絶対そうです。そうに決まってます」

「そうかしら。もしニーアと平等に愛されていたとしても、たぶん私はジェレミーを好きになったと思うのだけど」

力強く断言するハンナに、おかしなことを言うのねと私は笑う。彼女は諦めたような目をして力なく首を横に振った。

「わかりました、もう何も言いません。お嬢様がお幸せでしたらもう十分です」

言って、苦笑しながら立ち上がる。

「お邪魔なようですので仕事に戻ります。オーウェン様。なんだかんだ言いましたが、というかこれからも言い続けますが、本当は心から感謝しております。お嬢様を救いだしてくださりありがとうございました。そのうえ、失礼千万な私たちにまで逗留《とうりゅう》の許可を与えてくださったこと、一生忘れません。必ずお役に立つと約束いたします」

淡々と言って、綺麗な姿勢で深く礼をする。その表情にはジェレミーへの確かな感謝があって、同時に私への想いの深さも読み取れて胸が熱くなった。

「そんな硬く考えないでいいよ。ユリアのためというのももちろんあるけど、私自身キミたちを気に入ってるんだ。というか失礼な自覚はあったんだね」

あははと楽しそうな笑い声を上げてジェレミーが言う。

身分や立場にこだわらず、敵と判断した人以外には大抵のことを笑って許してしまう。

私は彼のそういうところも大好きだ。

◇◇◇

その後、オーウェン伯爵家に滞在したまま、親とは最低限の手紙のやりとりだけで正式にジェレミーとの結婚が決まった。

アニーとハンナとジェマは結婚が確定した時点でブラクストン家に辞表を叩きつけ、その足でオーウェン家に取って返し、使用人として新たに雇われることとなった。

式もパーティも別に出席しなくてもいいと遠回しに伝えたら、初めからそのつもりだったとストレートに返された時には呆れてしまった。いくら興味がないとは言え、一応侯爵家の長女が嫁ぐというのにその対応はまずいだろう。

それでも彼らにとっては、結婚の時期が重なった愛する次女を優先するのが当然なのだ。外に嫁ぐ娘などに気を遣っても仕方ないらしい。これでニーアが嫁ぐ立場だったらまるっきり逆のことを言ったはずだけど。

嫁に行くのだからブラクストンの伝手《つて》を当てにするなと、昔から交流のあった貴族を式に招待することを禁じられた。長女の結婚式に自分たちが参加しない理由を、あれこれと探られたくないのだろう。

ジェレミーに恥を忍んでそのことを告げたら、それはもう清々しい笑顔で「願ったり叶ったりです」と言い放った。彼らが参加しないことは最初から織り込み済みだったらしい。さすがだと思う。

一応育ててもらった義理として、式の準備過程や日取り、その後の経過も手紙で知らせた。けれど、ロクに返事も来ぬまま、妹の式準備で忙しいからとあからさまに雑な扱いを受けた。

けれどもう傷付くことはない。だって隣にはジェレミーがいる。

あの家で暮らしていた時、家族の情など私には一度も向けられなかった。そしてそれは、私がどれだけ努力をしても変わることはなかっただろう。

そんな私にオーウェン家の使用人たちは皆優しくしてくれて、結婚前だというのに私もメイドたちも温かく迎え入れてくれた。詳しい事情を説明するまでもなく、全員が私の生い立ちを知っていたのにはさすがに驚いたけれど、どうやら私と出会った頃からジェレミーは屋敷中の人間に恋愛相談をして回っていたらしい。おかげですでに屋敷内で私たちは有名人だ。挨拶のたびに「あなたがあの」と生暖かい目で微笑まれるのが少し気恥ずかしかった。

長年ないがしろにされて育ったせいで、大切に扱われることに慣れるのには時間がかかった。

けれどジェレミーが、アニーたちが、オーウェン家の使用人たちが。

優しく微笑んでくれるたびに、私は過去のことを少しずつ飲み込んで消化していくことができた。

◇◇◇

結婚式と披露宴は、雲一つない晴天の下で行われた。

ジェレミーが見立ててくれた純白のドレスに身を包み愛を誓い合えば、互いに神様を信じていなくてもそれは真実永遠のものと思えた。

祝福の花びらが雨のように降り注ぎ、眩暈《めまい》のするほどの幸福の中でキスを交わす。

「一生大切にします」

「はい。私も」

噛み締めるように言われた言葉にしっかりと目を見て応える。

まだまだ至らないところばかりだけど、何をしても無駄だと悲観する気持ちはもうない。努力をしてもなんの手応えも感じられない日々は終わったのだ。これからは自分のためではなく、愛する人のために強くなろう。ジェレミーに、私を選んで良かったと思ってもらえるように。

幸せそうなジェレミーの表情に心が奮い立つ。

「そんなに力まなくても大丈夫ですよ」

ジェレミーが力の入った私の肩を抱いて、宥《なだ》めるように言った。

「なんでもお見通しですのね」

「いつも見ていますから」

見透かされた恥ずかしさに拗ねた口調で言うと、ジェレミーが綺麗なウィンクをして見せた。その仕草に見惚れてしまう。

勝ち負けの問題ではないのだけど、きっと私は一生ジェレミーに勝てないのだろう。けれどこうして翻弄され続けることが、悔しくもなく幸福なばかりだと思えるのが嬉しかった。

式が終わるのと同時に庭での立食形式の結婚披露パーティーが始まって、ジェレミーと挨拶回りに行く。

「受け入れてもらえるでしょうか」

ブラクストンに直接関わる人を招待するのを禁じられてしまったから、招待客はジェレミー側の人ばかりだ。オーウェン伯爵家と親しくしていた方たちは、家族すら参列していない私を見てどう思うだろう。

「当然です。あなたは誰よりも素晴らしい人ですから」

不安で表情が強張る私に、ジェレミーが自信満々の笑顔で頷《うなず》いてくれた。

「ようこそ皆様。妻のユリアです。いくらでも見惚れてくださって構いませんが、ちょっかいかけるのは禁止です」

「ジェレミーったら……」

緊張をほぐしてくれようとしたのか本心から言っているのか、ジェレミーが真顔で言う。

「はっはっは、目が笑っておりませんなオーウェン卿」

「確かに滅多にお目にかかれない美しさですが、ここいらで貴方の不興を買うようなことをする者はいませんよ」

ジェレミーの物言いに慣れているのか、彼らは闊達《かったつ》に笑って、和やかな雰囲気のままお互いの自己紹介が始まる。ジェレミーは常に私の側にいて、少しも不安にならないようにと常に気を遣ってくれていた。招待客への挨拶も、気後れせずに済むように私が話しやすい話題へさりげなく誘導してくれる。

その気遣いに報いるためにも必死に招待客の顔と名前を憶えて、地位や役職や上下関係なんかを頭の中に細かくメモしていく。これらの情報が、いずれ彼の仕事を手伝う時に役立つはずだ。

「それにしても、奥様はとても政治や経済に精通しておられますな」

「ええ。卿のおっしゃる通り、素晴らしい女性です」

連日ジェレミーに褒められ続けて少しは慣れたつもりだったけれど、初対面の人たちから手放しで褒められると恐縮してしまう。

「そんな……実務経験が多いだけですわ」

「ほう、お若いのに」

慌てて謙遜すると、招待客の一人が怪訝そうに片眉を上げた。

気のせいか、キラリとジェレミーの目が輝いたように見えた。

「実は、妻の実家が少し、ね」

「……ほほう？」

ここぞとばかりにジェレミーが意味深に苦笑すると、その誘い水に彼らは見事に反応を見せた。

「なにかご事情が……？」

「ご実家というと、ブラクストン侯爵家でしたかな」

「少し気になっておりましたの。ほら、つい先頃、ユリア様の妹様がお継ぎになると発表されましたでしょう？」

興味津々な表情で、それまで控えめにしていたご婦人方が身を乗り出す。直接の交流はなくとも、社交界において噂話というのはあっという間に広がるものだ。

「今日もいらっしゃっていないようですし……何か深い事情がおありなのでしょうか」

実のところずっとその話をしたかったのだろう。花嫁側の親族が一人もいないのだ、私だって他人事なら気になる。ただ、自分たちからそのことを切り出さなかったあたり、彼らはかなり常識的な人間に思えた。ジェレミーから切り出したことによって、それを解禁の合図と取った察しの良さもある。

実態を知りたい理由も、ただの興味本位というよりは、親しい友人であるジェレミー・オーウェンに私という人間がふさわしいか見極めたい気持ちのほうが大きそうだ。

「実は彼女は幼い頃から優秀でしてね。恐らく彼らの嫉妬を買ってしまったんですよ」

「嫉妬？」

「ほら、あそこ先代は素晴らしい方だったのに、代替わりしてからガタっと傾いたじゃない」

「ああ、そういう……」

さすがに表立って同意するのが憚《はば》られたのか、ご婦人方が気遣わしげに私を見た後で顔を逸らした。皆ブラクストン領の情勢をある程度把握しているらしい。

「お恥ずかしい話ですが、父も母も領主の仕事はその……あまり好きではなかったので」

言葉を選びながら苦笑する。

領主の適性どころか、勉強そのものが嫌いな人たちだった。祖父の遺した財産で遊び惚けて、いかに楽をしようかということばかりに熱心な姿は、娘の私から見ても尊敬できなかった。

「劣等感が刺激されたのでしょう。どうせ無理だろうと馬鹿にするために彼女に仕事を手伝わせたのに、逆にユリアの領主としての才能が開花してしまった」

「なるほど、それで実務経験が豊富……」

「そういえば、数年前から少しずつ持ち直し始めましたわね」

「ではあの頃からユリア様が……」

「本当に素晴らしい才覚をお持ちですなぁ」

「いいえ、私などまだまだです」

口々に褒められて反応に困ってしまう。ジェレミーに助けを求めようと視線を向けると、彼はこの場にそぐわない深刻な顔をしていた。

「ですが、彼らはそれが気に食わなくてますます彼女は……」

そこまで言ってジェレミーが言い淀む。

そのせいで彼らの中での憶測が一気に膨らんでしまったらしい。

「もしかして手酷い虐待を……!?」

「信じられん、こんな素晴らしい女性を」

憤慨したように招待客たちが言う。憶測が憶測を呼んで、このままではとんでもない悲劇のヒロインにされてしまいそうだ。

「あのっ、でも本当にそんな大したことをされていたわけでは……」

「ああ慈悲深い人だ。あんなひどい親を庇うようなことまで」

私が慌てて否定しようとするのを、ジェレミーがすかさず美談にすり替える。思わずジェレミーを見ると、とてもいい笑顔を返されてしまった。

「彼らが罰されぬよう隠そうとするなんて。あなたのそういう優しさを愛してはいますが、それでは彼らのためになりません」

「オーウェン卿のおっしゃる通りです。当主代行の手続きはされていないのでしょう？　事と次第によってはブラクストン卿は領主の座を剥奪されかねません」

厳めしい顔つきの紳士が言って、周囲が同意するように頷《うなず》く。確かに領主の仕事を年端も行かない娘に任せていたなんて本来なら大問題だ。

「しかし、ユリア様の手腕に感謝こそすれ、こちらにいらっしゃらない理由にはならないのでは」

得たりとばかりにジェレミーが、私にだけ見えるようににやりと目配せを送ってきた。

「彼らはご自分たちに『そっくり』な妹ばかりを可愛がっていました」

そっくり、を妙に強調しながらジェレミーが憤慨したように言う。

「ああ、あの……」

ニーアはここでも有名らしく、ご婦人方が上品な表情を微かに嫌そうに歪めた。

「その妹が、突如としてブラクストン家を継ぎたいと言い出したのです」

「まあ！」

「なんて図々しい！」

色めき立ってこれまでのニーアの悪行を並べ立てるご婦人方に、これまでニーアの可愛らしい面しか見たことがなかっただろう紳士たちが「彼女はそんな女性だったのか」と目を剥く。

「妹も両親も、ユリアを悪しざまに言うことで己の至らなさから目を逸らしていたのでしょう」

私への迫害ぶりをジェレミーがひとつずつ挙げていく。多少脚色はされていたけれど、ほとんど真実だったので否定の言葉を挟むこともできず、どんどん自分に同情が集まって気まずくなってきた。

「あの……でもそんなには……」

「お可哀そうなユリア様！　どうせニーア様があなたを押しのけて社交界に進出したのでしょう！」

「男性に媚びる才能だけは確かでしたものねぇ」

「領主になりたいなんて、一体何を考えてらっしゃるのかしら」

私の小さな声などかき消えてしまうほどに、彼女たちの憤りは激しかった。

招待客たちはブラクストン家の秘密を知って、「ひどいわ」「やはり少しおかしいと思っていたんだ」と眉を顰《しか》める。

その様子を、ジェレミーが満足げな顔で眺めていた。

それを見てようやく理解した。

なるほど、だからこそ両親が参加しないことが「願ったり叶ったり」だったのか。

ジェレミーは初めからこの流れを狙っていたのだ。ならば私にできることはただ一つ。

「……本当に、辛く悲しい日々でした」

悲しげにまぶたを伏せてジェレミーに寄り添う。

「ああユリア……かわいそうに」

ごく自然な動作で肩に彼の腕が回って、自分の行動の正しさを知る。

「両親に認めてもらうことだけが目標でした。けれど無駄だったのです。本当に馬鹿なことをしました。彼らの目には、最初から最後まで妹しか映っていなかったというのに」

涙を堪えるように目許を押さえると、彼らは一様に憐憫《れんびん》に満ちた表情を向けてくれた。

後は私たちが何を言うでもなく、当事者たちがいないのをいいことにブラクストン侯爵家の話で盛り上がる。

彼らの友人であるジェレミーの妻を虐げたという前提があるから、私の前でも遠慮はない。ジェレミーの誘導で、招待客たちの間でブラクストン家がどんどん悪役に仕立て上げられていく。

ジェレミーはそれ以上多くは語らず、今はもう彼らが義憤に駆られているのをニコニコと眺めているだけだ。

そうして露骨にならないようにオーウェン家の株を上げ、かつブラクストン家の風評をここぞとばかりに下げるのに見事に成功していた。

「とにかく、彼らはそれだけ虐げてきたユリアが自分の手で幸せを掴もうとしているのが気に食わなかったのでしょう。当てつけのように妻からの招待状を破り捨て、恥をかけとばかりに欠席表明をしてきたのです」

ほどほどのところでジェレミーが割って入る。すっかりブラクストン家への敵意を確かにした彼らは、その言葉に納得したように頷《うなず》いた。

「恥をかくのはどちらか、少し考えれば分かりそうなものですのに」

「ちっぽけでくだらない人間がやりそうなことですな。本当に腹立たしい」

「ええ。そのせいでユリアの柔らかで温かな心根をどれだけ傷つけたことか」

嘆くようにジェレミーが言って、私の頬にそっと手を添えた。

「なるほど。その窮状からオーウェン様がユリア様を救ったということですのね」

少しの間見つめ合っていると、うっとりしたような口調で一人のご婦人が言った。

「素敵！」

「いえそんな。救うというより、妻を手に入れたくてつけ込んだだけです」

褒められたことに苦笑して、ジェレミーが謙遜する。嫌われる覚悟で私を助けてくれたというのに、こうやって称賛されるとなぜか偽悪的になるのだ。

「ふふ、いつもこうして悪役になろうとするのです」

私が言うと、ご婦人方が楽しそうに笑う。

「照れてらっしゃるのね？」

揶揄《からか》うように言われて、ジェレミーが決まり悪げに肩を竦《すく》めた。否定をしないということは、あながち的外れでもないのだろう。

「それにしても、そんな昔から奥様のことを愛してらっしゃったのねぇ」

「羨ましいわ。幼い頃から気にかけていらした方と結婚なんて」

言われて笑顔が引き攣《つ》る。

もちろんジェレミーと対面したのは正真正銘ニーアが連れてきたあの時が初めてだ。それまではオーウェン伯爵領との関わりは皆無だったし、隣接する領にもかかわらず聞こえてくる情報すらほとんどなかった。

だけど確かにジェレミーの話だけ聞くと、私たちはまるで小さい頃から友人以上の仲だったように聞こえなくもない。

どう答えるべきか返答に窮して、隣に立つジェレミーをチラリと窺う。

「ええ。ようやく初恋が実りました」

彼は会心の笑顔で、ハッキリと嘘をついたのだった。

◇◇◇

式を終えてひと段落してから、ジェレミーの部屋で隣り合ってアニーたちが淹れてくれたお茶を飲む。

「実際のところ、どのようにして私の幼い頃のことを調べられたのです？」

ジェレミーがカップを置くのを待って、披露宴の時に気になったことをおずおずと尋ねる。

彼が有能だということはもう十分に理解していた。ここに至るまでの手回しの良さとそのために収集した情報量を見れば一目瞭然だ。

けれどさすがに知りすぎている。だって少し調べただけでは得られないほどの量と正確さだ。私でさえ知らない両親のコンプレックスや過去のブラクストン領の運営事情、それにアニーたちの努力や優しさを、当然のように把握していることに改めて驚いてしまう。

一体どうやって調べたのだろう。

「ヤバいですよね。気持ち悪いですよね」

「誰に聞いたのでしょうね。私たちだってさすがに幼少期のユリア様のことは存じませんのに」

「あそこ労働環境劣悪だから、使用人の入れ替わり激しいはずなんですよぉ？」

私の疑問にすかさずアニーたちが囁いてくる。

「辞めていった使用人たちから聞いたのかしら……どこに転職していったのか、最近だったらある程度は記録してあるけど……」

さすがに気持ち悪いとは思わないけれど、彼のその情報収集能力には目を瞠《みは》るものがある。雇用記録に関しても、私が管理するより前のものは存在するのかすらも分からないのに。

「ブラクストンからオーウェン家に転職した者がいたのでしょうか？　それとも他に伝手《つて》がおありですか？」

「それはオーウェン家のトップシークレットということでひとつ」

純粋に気になって問えば、口許に人差し指を当ててジェレミーが薄く笑う。その仕草があまりに素敵で、情報源について深く追及する気はなくなってしまった。

アニーたちはそんな私に呆れたのか、ため息をついた後にさっさと部屋を出て行ってしまった。

「気を利かせて二人きりにしてくれたようですね」

「私、あなたのその前向きなところも好きです」

笑みを交わし合って焼き菓子に手をつける。オーウェン家のメイド頭であるマーガレットが焼いてくれたクッキーは、ホロホロと口の中で崩れてバターと砂糖の贅沢な味が広がった。

「はあ……美味しくて癒されます」

「さすがに少し疲れましたね」

彼の屋敷に転がり込んでから、すぐに式の準備でバタバタしていたせいで二人きりで過ごす時間は極端に短かった。ニーアの結婚式より後になってしまうと、状況が落ち着いて他のことに頭を回せるようになった両親やニーアに嫌がらせをされかねないと急いだ結果だ。

明日からは溜め込んでしまった領主の仕事で忙しくなるけれど、今はようやく訪れた束の間のゆったりした一時《ひととき》だった。

「これでようやく通常業務に戻れますね」

「そうですね。しばらくは挨拶回りが続きそうですが」

ややうんざりした口調で言って、ジェレミーが私の肩に凭《もた》れかかる。式を挙げて正式な夫婦となったにもかかわらず、たったこれだけの触れ合いで胸がドキドキとうるさかった。

「オーウェン伯爵夫人と呼ばれるのはしばらく慣れそうにありません……」

「それはいけない。早く身も心もオーウェン家に染まっていただかなくては」

冗談めかしてジェレミーが言う。

それから膝に置いていた私の手にそっと自分の手を重ね、指輪がはめられたばかりの薬指を撫でた。

頬がじわりと熱くなる。

「……私は本当に幸せ者です」

「まだこれからですよ。これから私の全力をもってあなたを世界一幸せにするのです」

ゆるぎない言葉に視界が滲み始めて、それを見たジェレミーが優しく微笑んだ。

「愛してるわ、ジェレミー」

手を重ねたまま間近で見つめ合う。

自然に距離が近づいて、まぶたを伏せると唇が触れ合った。

ジワジワと全身に熱が広がって、指の先まで行き渡る。これまでの二十年なんか、まるでなかったみたいに私の中身が幸福に塗り替えられていく感覚があった。

触れるだけのキスを終えて、ゆっくりと息を吐きだす。

照れくさくて視線を下げたままでいると、指先が絡んで互いの熱が混ざり合う。

「……今夜から私と寝室を共にしていただけますか」

囁くような声にどくりと心臓が大きく脈打って、一瞬呼吸も忘れて小さく喘いだ。

「……はい」

消え入りそうな返事はかぼそく震えて、ジェレミーの耳に届いたのか不安だった。

だから繋がれた手にぎゅっと力を込める。

ジェレミーはホッとしたようにため息を吐いて、緩く柔らかく私の身体を抱きしめた。

「……本当に私でいいのですか？　後悔、しませんか」

今更なことを尋ねると、耳元で小さく苦笑が聞こえた。

「あなたはご自分のことを低く見積もりすぎるきらいがある。交渉事は得意なはずなのに」

「領主の仕事と色恋は別です」

拗ねた口調で言うと、ジェレミーが小さく笑い声を漏らした。

結婚までの期間に何度も言われたことだ。自己評価が低すぎると。愛されることにもっとあぐらをかくべきだと。

「あなたならば世の男全てを篭絡《ろうらく》することもたやすいのに」

それでも自信を持てないでいる私に、ジェレミーは根気強く何度だって私の価値を説いてくれる。

もうこんなことはやめよう。自分の良いところをきちんと認めて、自分を愛してあげよう。そうでないと本気で私を尊いものとして扱ってくれる彼に失礼だ。

もう結婚したのだ。今日でこんな卑怯な聞き方をするのは最後にしよう。そうしてジェレミーの言葉を心から信じるべきだ。

そっと抱き返して、ジェレミーの身体に体重を預ける。

「そんなことを言ってくれるのはジェレミーだけよ」

「見る目のない人間しか周りにいなかったばかりに」

嘆くように言われて思わず笑う。彼はいつだって私に悪いところなんてひとつもないと言ってくれるのだ。

「そのおかげであなたに会えた」

「そのおかげであなたを手に入れられた」

「あら、これから手に入れるのではなくて？」

「なるほど、そうきましたか」

クスクス笑い合いながら首筋に腕を絡める。

心臓の音は大きいままだったけれど、キスを繰り返すうちに少しずつ身体から力が抜けていった。

私はこれから、本当の意味で彼のものになるのだ。

そのことがこのうえなく幸福だった。

◇◇◇

妹の結婚式は、彼女に似合いの派手なものだった。

飾ってあるのはどれもこれもお金がかかっているというのが一目で分かるようなものばかり。見違えるほどに模様替えされた大広間は、さりげない高級感とは無縁の、全体的に目の潰れるような豪華絢爛な設《しつら》えとなっていた。

式前に届いた手紙によると、夫であるレスリーの生家のバーク公爵家が喜んでお金を出してくれたらしい。

「お姉様！　来てくださったのですね！　嬉しいですわ！」

天真爛漫に見えなくもない満面の笑みを浮かべながら、式を終えたニーアが走り寄ってくる。

来てくださったも何も、わざわざ使者を寄越しての招待状を押し付けられれば、まだ一応ブラクストン家の係累にあたる私が出ないわけにもいかない。本格的に縁を切ってもなんら問題はないけれど、手続きが面倒なのでそのままにしていたのが仇となった。

結婚式には呼ばなくていいと言ってあったのに、それが見事に裏目に出たようだ。私が嫌がることが大好きな妹のことだ、嬉々として招待状を作成したことだろう。

うんざりした顔で招待状を受け取った私の横で、ジェレミーは何故か嬉しそうにしていた。

また何か良からぬことを考えているのだろう。

そのジェレミーは、今は他のお偉方に囲まれて少し離れたところにいる。

何かと顔の広い人だから、親族の夫という立場にもかかわらず、式の前からいろんな人に声をかけられているのだ。

「見て、これ婚約指輪なの。こっちが結婚指輪。レスリーったら予算なんか気にしなくていいって宝石商を呼んでくださってね」

「すごいわね。うらやましいわ。わたしもほしい」

相も変わらず自慢ばかりのニーアに、笑顔を貼り付け心にもない言葉をつらつらと吐き出す。それで満足したのか、ニーアが得意満面の顔でふふんと鼻を鳴らした。きっと私の存在なんて式の前から気付いていて、ずっとこの指輪の話をしたくて仕方なかったのだろう。

見せてきた指輪には巨大な宝石がついていて、もはや指の太さを超えてギラギラと輝いている。ブラクストン領はジェレミーが言っていた通り一時期傾きかけていたから、いくら甘やかされていたと言っても何でもかんでも買ってもらえたわけではない。鬱憤の溜まっていたニーアにとっては、これが最上なのだろう。おしゃれとは縁遠かった私には理解できないセンスだ。

「お待たせユリア。寂しくなかったかい」

「いいえジェレミー。妹が構ってくれていたから」

挨拶を終えたのだろう、ジェレミーが背後から私の腰を抱いて当然のように隣に立つ。私にだけ向けられる甘い声と眼差しは、飽きることなく私の胸をときめかせてくれた。

一応実家なので、一人待たされても心細さはまったくなかったけれど、ジェレミーと触れ合っているだけで心が穏やかになっていく。彼の存在はもう、私の中でなくてはならないものとなっていた。

初夜を迎えてから、私たちの距離はさらに近付いた。

互いに遠慮のようなものがなくなり、敬語も自然に抜けて、今やまるで長年の恋愛を経たかのような親密さがある。

それが嬉しくて、もう何ヵ月も同じ屋敷に暮らしているというのに、顔を合わせるたびに世界が輝いて見えた。

「……ごきげんよう、ジェレミー・オーウェン様」

ジェレミーの姿を見て、ニーアが獲物を見つけた爬虫類のような目をした。

「やぁニーア。久しぶりだねぇ」

その視線に気付いていているはずなのに、ジェレミーは気さくに挨拶をする。

元彼女と現妻という構図に、事情を知っているらしい周囲の空気がピリつくのが分かった。

私たちの式の時とは違って、明らかに物見高く無遠慮な視線が集まっている。

「ホントお久しぶりね、ジェレミー」

ニーアは可愛らしく小首を傾げると、上目遣いにジェレミーを見上げた。

私より十センチも身長の低いニーアは、小動物のような目の大きさも相俟《あいま》って、男性の庇護欲をそそるらしい。大抵の男はこの表情にイチコロになるのよと何度も聞かされた。

そうしてジェレミーに一歩近付くと、流れるような動作で彼の胸元に手を置いた。

まるで恋人同士のような距離感だ。周囲がざわつく。

男性の中でも比較的身長が高いジェレミーと向かい合うと、なかなか絵になる光景だった。本来ならば嫉妬で妹を叱りつける場面かもしれない。けれどジェレミーが嫌そうに顔をしかめたのを見て、同情の気持ちのほうが強く出てしまった。

「会えて嬉しい。ずっと会いたかったわ……どう？　ウェディングドレス姿は綺麗かしら。あなたに綺麗って言ってもらえたら、私、すごく嬉しい」

目を潤ませて、含みを持たせた言い方をする。

私への当てつけが多分に含まれていることは言うまでもない。加えて周囲へのアピールもあるのだろう。姉より自分のほうが上だとでもいうように。

「そうですねぇ、さすがバーク公爵家渾身のドレスと言ったところですか。かなり金がかかっている。このデザインはメイソン社製ですか。本当に素晴らしい。あなたのチンチクリンな体形が見事にカバーできている」

「……は？」

生き生きとした表情でドレスを褒めるジェレミーとは対照的に、ニーアの笑みが固まる。

「んふっ、けほっ、んんっ」

私はとっさに咳払いで誤魔化すことしかできず、ニーアから顔を逸らした。

華奢と貧相は紙一重。前にジェレミーが言っていた。彼曰く、ニーアは後者らしい。それが今「チンチクリン」という言葉に重なって思わず噴き出してしまったのだ。

ジェレミーのせいにするつもりはないが、彼と結婚してから自分の性格の悪さがどんどん浮き彫りになっている気がする。

けれどジェレミーがそういう私も好きだと言ってくれるから、私もそんな自分が嫌いではないのだけど。

「何か空耳が聞こえたようだけど」

ニーアは素早く私たち二人を睨んだ後で、思い直したように表情を変えた。

余裕を見せたかったのだろう、鬼のような顔が不敵な笑みに変わる瞬間はなかなか見ものだった。

「大変だ。早急に医者に行くといい。悪いのは性格と男癖だけで十分だろう」

「ごほっ、ごめんなさい、少し喉の調子が」

ニーアのこめかみに青筋が浮かぶ。

ジェレミーは至って真面目な顔で、心底心配そうな口調で言うから余計に性質《たち》が悪い。

周囲の野次馬たちにはさすがに会話の内容までは聞こえていないようで、ここで声を荒らげたら自分に不利なのは分かるらしく、ニーアは引き攣《つ》った笑みを無理やり貼り付けた。

「……それにしても私のお下がりで満足するなんて、お姉様って本当に欲がないのねぇ」

ジェレミー相手では勝てないと踏んだのか、どうやら私に標的を変えたらしい。私にならば何を言えばどれだけのダメージを与えられるのか知っているとでも言いたげな勝ち誇った笑みだ。もう私が親の愛を求めていないのだということが、どうやら彼女には分かっていないのだろう。

明らかに馬鹿にした口調と視線に、私の心は白けるばかりだ。

「そうね、あなたからもらった覚えはないけど。ジェレミーは本当に素敵な方だから」

満足しないはずがないわ、と笑顔で応えると、ジェレミーが私の腰を抱く手に力を込めた。私の心からの愛が伝わったようで嬉しくなる。視線を隣に移すと、同じくこちらを見ていたジェレミーと目が合った。

そのままうっとり夢見心地で数秒見つめ合う。

「ちょっと！　何二人の世界に浸ってるのよ！」

「あらごめんなさい」

ハッと気付いておざなりな謝罪を口にする。ジェレミーはそんなの放っておきなさいとでも言いたげに私のこめかみに軽くキスをした。

「ふ、ふん、お下がりしか手に入れられない女ですものね。その程度の男で満足できてうらやましいわ。私に捨てられてヤケになったからお姉様で妥協したのも分からないなんて」

ジェレミーから本当のことを聞いていると知らないニーアは、あくまでも自分が彼を振ったのだと主張する。

何故すでに夫婦である私たちが本当のことを知らないと思えるのだろう。それとも、彼女の中では彼女から振ったという嘘が真実になっているのだろうか。

ありえない話ではない。ニーアはいつだって自分に都合のいい真実しか見えていないのだから。

「お下がりも何もあなたと寝た記憶はないのですが」

ジェレミーも今更そこを訂正するつもりはないらしく、にこやかにそんなことを言い放つ。

ニーアは笑顔を浮かべる余裕もなくなったのか、あからさまにムッとした顔をした。

「……そうね、確かにセックスをしたことはなかったわ」

その後で何かを思いついたのか、意地の悪い醜悪な顔へと表情を変じる。

どうせロクでもないことだろう。

「あなたが不能なせいでね」

「えっ、全然そんなことはっ」

勝ち誇ったような言葉に反射的にそこまで返して、慌てて口を閉じる。

咄嗟《とっさ》のこととはいえ、ずいぶんとはしたないことを言ってしまった。

一瞬で顔が熱くなる。

だってジェレミーが不能だなんてそんなありえないことを言うから。今だって、昨夜の名残の甘ったるい気怠さとキスマークが全身に残っているというのに。

「可愛い人だ」

余計なことを言ってしまった恥ずかしさに顔を覆うと、ジェレミーが私の身体を抱き寄せ、宥《なだ》めるようにつむじにキスをくれた。

「あなたが愛しくて朝まで離してあげられなくてすみません。それにとても魅力的だから、あなたの体力も考慮できず無茶ばかりしてしまう」

「いいの。私も嬉しいから。いつも訳が分からなくなっちゃって恥ずかしいわ」

盛大に照れながらジェレミーに返すと、彼は幸福そうに微笑んだ。

また二人の世界に入りそうになる視界の端で、ニーアが悪鬼の形相に変わるのが見えた。

憤怒にだか屈辱にだか、顔を歪めたニーアが肩を怒らせる。もはや先程までのせせら笑うような気配は欠片もない。完全にアテが外れたのだろう。

「ふざけんじゃな……」

「先輩！　お久しぶりです！」

そこへ、底抜けに明るい声が割り込んだ。会うのは初めてだけど、もう知っている顔だ。

さっきまでこの妹と並んで、招待した賓客たちに笑みを振り撒いていた美青年。

バーク公爵家次男、レスリー・バーク卿。

「やあやあどうもどうも。オーウェン先輩の可愛い教え子、レスリー・バークと申します。いやあお美しい。ニーアとは似ても似つかぬ上品さだ」

「は、初めまして。ユリア……オーウェンと申します」

「あはは照れていらっしゃるのですね可愛らしい。いやぁ先輩、本当に羨ましいです」

彼は人懐こい笑みを浮かべてジェレミーに挨拶をした後、私にも握手を求めてにこにこと社交辞令を述べてくれた。

なんというか、全体的にノリが軽い。目一杯に美辞麗句を並べられるが、不思議とどれも心に響かないのだ。

「ありがとうございます。お会いできて光栄ですわ」

ジェレミーに褒められた時のように照れることも謙遜することもできず、ただ平坦な気持ちで礼を言うにとどまる。

「あれ、どうしたんだいニーア。怖い顔して。こんなにおめでたい日なのに」

彼は私たち三人の間に漂っていた、ただならぬ空気には気付かないようだ。

事前にジェレミーから聞いていた彼のひととなりによると、どうやら学生時代からこんな感じらしい。

良く言えば能天気、悪く言えば空気が読めない。いや、能天気もあまり良い言葉ではないか。とにかく明るくて軽くて、身分を気にしないと言えば聞こえはいいが、何事にも頓着しない大雑把な人間らしい。

「ニーアとなんの話をしていたんです？」

屈託なく問われて冷や汗が浮かぶ。

ニーアとジェレミーが短期間付き合っていたのは知っているそうだが、まさか寝た寝ないの話をしているとまでは思わないだろう。

どうやって誤魔化そう。

何故か私だけが焦ってオロオロしていると、ニーアは自分の夫に見向きもせずにジェレミーを見据えて口を開いた。

「……私が大切すぎて手を出せなかったのよね」

新婚ほやほやの夫が横で聞いているというのに、気にした様子もなく負け惜しみのように言う。もはや表情も体裁も取り繕う気はなさそうだ。よほどプライドが傷付いたらしい。

ジェレミーは困ったような顔で肩を竦《すく》めて、ちらりとレスリーの顔を窺った後で短く嘆息した。

「あなたの誘いを断り続けたのは、一瞬たりとも魅力を感じなかったからです」

真顔で言って、レスリーに「お前は相変わらず悪趣味だな」と肩を親しげにポンと叩いた。

侯爵家に婿入りしたとはいえ、一応公爵家の人間でもある人物相手にかなり失礼極まりない態度だ。誰がどう聞いたって明らかな侮辱だし、本人だけでなく妻までも全力で貶している。

けれどレスリーは気にしたふうでもなく、弾けるような笑い声を上げた。

「いやマジでやばいっすよ。鶏ガラみたいっすもん」

まあ俺は顔さえ良ければなんでもいいんですけどね！　と朗らかに言われてぎょっとする。とっさにニーアを見ると、彼女もすごい顔でレスリーを睨みつけていた。

ジェレミーは露骨に嫌そうな顔で、レスリーの肩からそっと手を引いた。

「……まぁ、仲良くやってくれ。結婚おめでとう。本当に、心から祝福するよ」

それだけ言って、私ごと回れ右をしてひらひらと手を振る。

さすがのニーアもそれ以上は食い下がらなかった。

結婚式で元恋人を誘惑する妻に、自分を立ててくれるどころか庇いもしない夫。

ある意味で、とてもお似合いの夫婦だと言える気がした。

◇◇◇

帰宅してすぐに楽な服装に着替えて、ジェレミーの部屋のソファでのんびりくつろぐ。

彼の部屋といっても、仕事がない時はほとんど入り浸っているから、二人の部屋と称してももはや問題はない気がした。それくらい共に過ごす時間は当たり前に長くなっている。

「レスリー様はなんというか……とても気さくな方だったわね」

「頭が年中、春真っ盛りなんだ」

せっかく言葉を選んだのに、私の少ない語彙の中では表しきれなかった印象を的確に返されて思わず笑う。聞く人によってはきつく聞こえるかもしれないが、意外にもそこに攻撃的な響きはなかった。

「疲れただろう。今日は早めに休もう」

労わるようにジェレミーが言って、私の頭を撫でてくれる。

けれど往復で何時間もかかるというのに、予想していたほどの疲労感はなかった。

むしろニーアの結婚式の後だというのに気分はすっきりしている。招待状が来たときはあんなにげんなりしていたのに、今は参加して良かったとさえ思えるくらいだ。

「実は、あんなにはっきり言い返せたのって初めてなの」

「それは良かった。私は全然言い足りなかったけどね」

おどけて言うジェレミーに笑みがこぼれる。言われっぱなしで耐えるしかなかった頃とは違う。私はたぶん、少しずつだけど強くなっている。それは間違いなくジェレミーが全力で私を愛してくれるおかげだ。

対抗心剥き出しで突っかかってくるニーアも、私をいないものとして扱う両親のことも気にならなかった。今の私にとって、愛されたい家族というのはあの人たちではなくジェレミーなのだ。

ジェレミーの援護射撃があったとは言え、あんな悔しそうなニーアを見るのは初めてだ。今までニーアの勝ち誇った顔しか見たことがなかったから、胸がすく思いがした。まったくもって私の手柄ではないけれど、長年の鬱屈が少し晴れたような気がして心が穏やかだった。

これでもう後は実家と没交渉になることを祈るのみだ。

「ありがとう、ジェレミー」

「うん？　何かしたかな」

私のためにいろいろ言ってくれたのは明らかだ。

それなのにジェレミーは微笑を浮かべてとぼけてみせる。

「心から愛しているわ」

たぶん何を言ってもはぐらかされてしまうから、それだけ言って彼の手を取った。

当たり前のように握り返される今の状況を、心から幸せだと思う。

「ところで、レスリー様とはどういう経緯で仲良くなったの？」

「仲良しというと語弊があるけど……きっかけはそうだな、あいつはあの通り物事を深く考えない男だから、学生時代の成績は最悪で、放校もやむなしという状況だったんだよ」

「放校!?　公爵家の人間が!?」

「そう、公爵家の次男坊が」

驚愕する私に、ジェレミーがうんざりした顔で頷《うなず》く。

王立の学校が公爵家の人間を追い出すなんてよっぽどだ。貴族学校は礼儀作法を学ぶ意味合いが強いから、並程度の劣等生であれば地位次第では卒業させてもらえるものだ。たとえ並以下の学力であろうとも、公爵家であればお金を積んだらなんとかなりそうなものなのに。

「それで、体面を気にしたバーク家当主に、当時学年主席だったせいで目をつけられてね」

頼み込まれて勉強を見てやることになったんだ、と深いため息をついて言う。

「それは……大変だったでしょう」

今日初めて会話をしただけでも分かる。あの方には一筋縄ではいかない何かがある。その彼につきっきりで勉強を叩きこむとなれば、相当に手を焼くことだろう。レスリーがジェレミーの教え子と言っていたのは冗談でもなく事実だったのか。

「もちろん、相当苦労したよ」

うんざりしたような口調で言って、思い出すだけで疲れたのか、私の身体に凭《もた》れかかる。可哀想になって手を伸ばして頭を撫でると、眉根に寄っていたシワが薄くなった。

「よく最後まで付き合ってあげたわね」

「……裏表のない性格で、ふんぞり返ることもせずに素直だったから。なんとか続けることができたって感じかな」

「確かに、嫌味な方ではなかったわ」

披露宴での会話を思い出して小さく笑う。明け透けというか開けっぴろげというか。とにかく悪意も悪気もないというのはあの短時間でもよく分かった。

「嫌いではないが、もう二度と関わりたくはないな」

苦笑しながらジェレミーが目を閉じる。

そこでふと引っかかって無意識に口を開いた。気付かないふりで放置していたけれど、本当はずっと心にわだかまっていた疑問だ。

「もしかして、レスリー様とのことも……？」

ほとんど確信に近い疑問だった。グラハムをミステリアスな人物に仕立て上げて、妹をいいように弄んで。取り返しのつかない事態に追い込んだだけでは、こうも上手くいかなかったはずなのだ。

ジェレミーが目を閉じたまま唇の端を吊り上げた。

「あの頃の苦労を鑑みれば、多少の面倒事を押し付けるくらい許されるかなと」

さらりと肯定されて目を瞠《みは》る。

ニーアが子供の父親として真っ先に名を上げたレスリー。それすらもジェレミーの策略のうちだったとは。

レスリーもなかなかの美男子だ。身分も容姿も優れているレスリーにニーアが食いつくことなんて、ジェレミーにとっては容易《たやす》く予想できただろう。どうやらニーアはグラハムだけでなく、結婚相手に関してまでジェレミーの手の平の上で踊らされていたらしい。

「彼は性格も悪くはないのですが。頭も尻も軽い女が大好きだと平気で言うような男です。ニーアを紹介したら大喜びでした」

「それは……なんというか、とても懐の深いお方で……」

「趣味が悪いとはっきり言っていいよ。仲間内でも評判の悪食《あくじき》だったから」

くすくすと楽しそうに笑いながら、ジェレミーが緩く私を抱きしめる。

「家を追い出されそうで婿入り先を探してたし、普段からニーアをおだてて、ブラクストン家を継ぐならいつでも婿入りするよと寝物語に語っていたらしい」

「なるほど、だからだったのね」

スムーズな流れの裏舞台が今ようやく明かされて、ため息交じりに深く頷《うなず》く。

「真っ先に父親役に指名してくれた？」

「ええ。お相手に相談も報告もなしに父親認定するなんておかしいとは思っていたけど、そういうことだったのね」

「子供ができたのは本当に僥倖だったよ。話が早くて助かった。ご両親もさぞお喜びだっただろう」

「それはもう。公爵家次男だもの。考えうる選択肢の中で一番の好条件だわ。おかげで私は無事にお役御免よ」

ニーアだけでなく、両親も、私でさえもジェレミーの掌の上だ。そのことが痛快で、私も笑いながらジェレミーの身体を抱き返した。

そのまましばらく寄り添うように凭《もた》れ合って、休息の一時を過ごした。

第四章

結婚してからずっと、幸せな毎日を送っている。

ジェレミーを手伝いながらオーウェン家の領地での仕事のやり方を覚え、メインで任される仕事も増えた。両親から仕事を押し付けられていた頃とはまるで違う。彼からの確かな信頼を感じるおかげで、心からのやりがいを感じるのだ。

おかげで辛い思いをすることもなく、楽しくも目まぐるしく忙しない日々だ。

「それもこれもユリアが妻になってくれたおかげだね」

「嬉しい。でもほとんどはジェレミーの実力だと思うわ。私はそれを少し手伝っただけ」

「そんなことはない。ユリアがいてくれたからこそだ」

彼のために頑張ったことを認めてもらえるのは素直に嬉しい。やればやっただけ返ってくることのなんと幸福なことか。

互いを褒め合うのは私たちにとっては自然なことで、そこに無理や努力は生じてない。そのおかげか、結婚して一年以上経つというのに未だ愛情は衰えないままだ。

働く楽しさにも目覚め、今までの人生でこんなに充実していたことはない。

毎日が輝かしく幸せで、心からジェレミーと結婚して良かったと日々実感している。

二馬力でバリバリと仕事をこなす傍ら、オーウェン家で働く人々との信頼を得るためにも努力を怠らなかった。彼らは皆優秀なうえに心の温かい人ばかりで、慣れない私にもとても良くしてくれる。

アニーたちは、ジェレミーの厚意でここでも私付のメイドとして働いてくれている。

今までしたくてもできなかった私の手入れをようやくできるようになったからと、ブラクストン家にいた頃より活き活きとしている。華美な装飾はさすがに遠慮しているが、それでも以前よりは格段に手を掛けられるようになった。

最初は化粧や高価な衣装やアクセサリー類に気後れしていたが、一年もするとさすがに慣れた。自分に似合うものがなんとなく分かるようになってきたし、新しいものが増えるたびにジェレミーが褒めてくれるものだから、少しずつ自信が持てるようにもなっていった。

自然と猫背気味だった背も伸び、笑顔も増え、初めて会う人でも気後れせずに話せるようになった。彼と結婚してからは、不思議と何をやっても上手くいくようになっていた。

「それはユリアが元から持っていた魅力が最大限に発揮できるようになっただけだよ」

「そうかしら」

朝食後の紅茶を楽しみながら、ソファで隣に座るジェレミーの言葉に首を傾げる。

上手くいくのは、ジェレミーがまた何かしてくれているせいなのだろうと勝手に思っていたけれど、どうも違うらしい。

「そうだよ。もともとユリアのほうがニーアよりずっと美しいし」

両親の悪意と妹の害意に邪魔されて周りが気付けなかっただけ、と当然のように言われて戸惑う。

「それはさすがに夫の欲目だと思うのだけど」

「そんなことはないよ」

ジェレミーは私を過大評価しがちだ。だから素直にそう指摘すると、彼は苦笑した。

「ほら、初めてのパーティを思い出してごらん。男共が群がってきただろう？」

ジェレミーと再会した日のことを言っているのだろうか。正直、彼と話したこと以外は印象に残っていなかったけれど、なんとか記憶を探ってみる。

「……あれは婿入りを狙っていたのでは？」

外面を取り繕った親と、私を介して両親と話をしようとする若者たち。確かに群がってきたと表現できなくもないけれど、彼らは私の立ち位置を目当てに寄ってきたのだと思っていた。

「いちいち自己紹介をして回ったわけではなかったろう？　寄ってきた男に聞かれて初めて名乗ったはずだ」

「それは……そうだったかしら……」

私の素性を知ったうえでダンスに誘ってきたのは初めの男性のみだったか。後はダンスの最中に自己紹介して、社交辞令で褒められて。

「ユリアはニーアのほうが美人だと言うけど、彼女だってあそこまで人を集めていなかったよ」

言われてもいまいちピンとこない。それだって私がブラクストン家の長女だったからではないのか。

だいたい異性と顔を合わせる機会なんて、ニーアが連れてくる歴代彼氏との短い挨拶くらいのものだ。彼らはニーアに夢中で、だから私に興味がある視線というものが分からない。

「社交界に初めて参加したから、物珍しさもあったのかしら」

「……まったく。あなたが自分の美しさに疎い人で良かった」

呆れたような、安心したような口調でジェレミーが笑う。

自分に自信を持てるようになってきたとはいえ、相対的に見てどうなのかは未だによく分からない。けれどどうやらジェレミーは、本気であの当時の私の魅力に惹かれて彼らが寄ってきたのだと思っているらしい。

着飾ったおかげで一時的に容姿が底上げされていたのかしら。だとしたらハンナたちの腕って本当にすごいのね。やはり私は美容やファッションについては口出しせずに、彼女たちにすべて任せておこう。

自分のセンスのなさを胸に刻んで、彼女たちのありがたさを改めて思い知った。

メイド三人の腕の良さに深く感心した後で、そういえば、と気付く。

「……もしかしてあのドレスも？」

ニーアが気に入らないと言って私にくれた青いドレス。あつらえたように私に似合っていたと、メイドたちが思い出すたびに言っていた。

「ええと、……ごめん、実はそうなんだ」

ジェレミーがバツの悪そうな苦笑を浮かべる。

「なぜ謝るの？」

「あの時、全部話すと言ったのに。結局はまだ隠していることが多いのがバレたから」

その答えを聞いて思わず笑う。ジェレミーは申し訳なさそうな顔をしているけれど、私にとっては嬉しい気持ちのほうが大きい。

「新たな事実を知るたび、私への愛の深さを感じられるから気にしないで」

「……そういうものかい？」

「ええ。私、あなたにいいようにされるのが好きみたい」

私のためにありがとう、と心から礼を言うと、ジェレミーはとろけるような笑みを浮かべた。

「ユリアの広い心を知るたびにますます好きになるよ」

「嬉しい。私もあなたの手回しの良さを知るたびに好きになってる」

愛を確かめるように抱き合うと、胸がじんわりと温かくなった。

「それで、どうやってニーアを誘導したの？」

その手段が気になって、身体を離して種明かしをせがむと、ジェレミーが楽しそうに目を細めた。

「グラハムにユリアの魅力を語った時に、どんなドレスが似合いそうか熱弁したんだ。ニーアが好きな男にドレスを選んでもらいたがるだろうと思ったから」

女性のお洒落に興味のない男だったから、と半ば呆れ顔で言う。容姿は優れていたけれど、出自ゆえに生きることに必死すぎて、女性とはあまり縁のない生活だったらしい。

「まあ、そんなことを……」

知らない女性の不確かな魅力なんて聞かされて、グラハムはさぞ困惑したことだろう。それでもジェレミーが嬉々として私のことを話すのが容易に想像できて、過去のことだというのに少し照れてしまった。

「その時の会話を覚えていたんでしょうね。案の定、グラハムは私が語ったドレスをそのままニーアに勧めた。誘導は大成功だったよ。あのドレスは本当にユリアによく似合っていたから」

「じゃああれはあなたが選んでくれたようなものなのね」

今更といえば今更な事実に、嬉しくなって破顔する。

生まれて初めて着たドレスが、最愛の人の見立ててくれたものだったなんて。

もし本当に他の男性からも魅力的に見えていたのだとしたら、それはジェレミーの選んでくれたドレスによるところが大きいのだろう。

そこまで考えたところで新たな疑問が浮かぶ。

「この流れで今度は別のことが気になってしまったのだけど」

「うん？　なんでも聞いてくれていいよ」

「あなたに会った時はすっぴんだったのに、どうして私を？」

不思議に思って問う。だって初対面の時はドレスも化粧もなく、なんの底上げもされていない素のままの私だった。しかもあの時は立て込んでいたから、いつもよりもひどい有様だった気がする。

それなのになぜ。

「それはユリアの内面の美しさを見抜いていたから」

当然のように言われて、カァッと頬に朱が上る。

ジェレミーのストレートな誉め言葉にはだいぶ慣れたつもりだったけれど、過去の私を褒められるのにはまだ弱い。あの頃の私は、自信とは無縁の存在だったから。

「……というのもまあ嘘ではないけれど。実は元々興味はあったんだ」

「会う前から私を知っていたということ？」

「そう。ニーアが姉は地味で冴えない、自分がないと散々馬鹿にしていたから」

「あの子ったらそんなことを。つくづく予想を外さない子ね」

呆れて苦笑する。ニーアらしすぎて憤る気持ちもない。どうせ外では私を悪く言っているのだろうとは思っていたし、今更だ。

「でもやっぱり、どうしてそれで私に興味を持つのか分からないわ」

「だってそうだろう。何度も言うけど、ニーアは全然好みじゃないんだ。見た目も中身も。そのニーアが悪しざまに貶すんだよ。絶対素晴らしい人間に決まっている」

自信満々に言うジェレミーに、小さく笑う。彼らしい考え方だ。

ひねくれている、と本人は言うけれど、私はそうは思わない。たぶん視野が広いうえに、いろんな角度から物事を見ることができるのだ。

「……そんなふうに考えるのはあなただけよ」

「そういうところを好きになってくれたのだと自惚れても？」

「ええもちろん。そこも含めて全てをね」

悪戯っぽく笑って見せると、ジェレミーは照れたように私の頬に口付けた。

「……実際に会った時、あなたは意志の強い目で私を見た。猛烈な勢いで書類仕事をこなしながらね」

「それは、大変な失礼を……」

自分のあんまりな態度を思い出して項垂《うなだ》れる。普段ならさすがに手を止めてきちんと挨拶をするのだが、何せあの時は切羽詰まっていたのだ。それもよりにもよってオーウェン家からの依頼だったのだから。

しかし無礼極まりない初対面なのに、なぜそこで好印象をうけるのか。嘘を言っているわけではないのに、聞けば聞くほど私を好いてくれたきっかけが謎に包まれていくのがおかしかった。

「確認済みの書類が勢いよく積み上がっていくのに所作は美しく言葉は理知的で。もう私にはこの人しかいないと心臓を射抜かれたよ」

「そんな、大袈裟よ……」

「大袈裟なだけでここまですると思うかい？」

苦笑しながら言われて、確かにとも思う。

私をブラクストン家から解放するために、まだまだ話してくれた以上のことをしてくれているはずだ。きっと今日聞かせてくれたドレスのことなんて些末に思えるほどのことを。これまで明かされたことだけでも生半可な気持ちでできることではない。

実際、彼が暗躍してくれなければ、こんな幸せな結婚生活は迎えられなかったのだ。

感謝の気持ちを込めてジェレミーを見つめると、まっすぐな視線が返ってきた。

その熱量は、改めて愛を交わし合う理由になるには十分だった。

◇◇◇

「では、王都に行ってくるよ」

「行ってらっしゃい。気をつけてね」

「一週間ほど留守にするけど寂しくないかい」

「寂しいに決まっているでしょう。でもお土産は買いすぎないでちょうだい」

玄関でキスを交わして、笑顔でジェレミーを送り出す。

屋敷に残された私は、日々領民から上がってくる陳情書や揉め事の裁定の処理に取り掛かった。

領内の閑地を開拓したり、農産物の収穫量を上げるために農村の代表者を呼んで勉強会を開いたり。特産品開発の指揮を取ったり、勢いのある商会を他領から招致したり。

思いつく限りの意見を出し合って、二人で領地を盛り立てるためにいろいろ試してみるのは面白かった。私一人では実行に移せなかったようなことも、ジェレミーとだとお互いにないものを補い合ってひとつずつ成功させていくことができる。

夫婦で協力して切り盛りするうちに、数年で「飛ぶ鳥を落とす勢いのオーウェン家」と噂されるまでになった。

そのおかげか、最近ジェレミーはよく王宮からの呼び出しを受けて不在がちだ。

功績を讃えられて、近く侯爵への格上げ、つまり「陞爵《しょうしゃく》」の話まで出ているとジェレミーが言っていたから、きっとそれに関連することだろう。

そのことはもちろん喜ばしくもあったけれど、同時に少し寂しい気持ちになるのを止められなかった。単純に、屋敷で一緒に仕事ができないからというだけではない。なんとなく、疎外感のようなものを覚えてしまうのだ。

贅沢な悩みだとは分かっている。

ジェレミーは変わらず私を愛してくれるし、私の力量を信頼して今目の前にある仕事を任せてくれているのも理解していた。

だけど、王宮への同行は一度もしたことがない。その理由について一度聞いたことはあるけれど、ユリアに負担を掛けたくないからとか、二人で行くほど重要な話ではないとか、気遣いに紛れて曖昧に誤魔化されている気がしていた。

考えすぎと言われてしまえばそうだし、たとえジェレミーが私に何か隠し事をしていたとしても、それで構わないと今までなら思えていたはずだ。

だけどそれが、領主の妻としての限界が見えた私に、面と向かって力不足だと言えない彼の気遣いゆえのことだとしたら。

そんなことを考えて不安になるのだ。

「それでね、レスリーの実家のバーク公爵家に頼ろうとしても知らんぷりなのよ！　ひどいと思わない!?」

そんな心の内なんてお構いなしに、なぜかニーアが元気に私の執務室で愚痴っている。隣接領とはいえ馬車で数時間かかるのに、二、三カ月に一度は約束もなしに来るのだ。彼女は余程暇らしい。

オーウェン家に嫁いで以来、こちらとしては縁を切ったつもりなのに、最近になって度々顔を出しては益体《やくたい》もない話をして帰っていく。

ニーアの口から出てくるのは主に夫であるレスリーと、その実家であるバーク公爵家への愚痴だ。正式な跡継ぎとしての登記も済んで、少しは次期領主としての自覚も出るかと思えば、そんなことはなかったらしい。ブラクストン領の未来を憂いたり、どう運営していくかの構想を話したりといった相談は一度もない。結婚してもう何年も経つのに、相変わらず自分のことばかりなのだ。

ブラクストンが再び傾き始めたという噂を耳にしていたので、最初は領地経営のアドバイスを求めに来たと思って相手をしていた。けれどそんな話は一度もなく、見栄や意地で相談できないといった「殊勝な態度」というわけでもなさそうだ。本当に、ただ純粋に領内の情勢に興味がないらしい。

ニーアは未だに領主の仕事を手伝うこともなく、夫であるレスリーもロクに働いていないらしい。ブラクストン家の実権は今も両親が握り、それすらも私に任せていた数年のブランクのせいで、領内の統治はガタガタだという。

「一切ノータッチなの！　大切な孫なのに！　ちょっとくらいお金出してくれたっていいじゃない！」

私の返事も待たず、ニーアがバーク家への不満を捲し立てる。

結婚当初は歓迎ムードだったレスリーの婿入りも、今は無能で役立たずの穀潰し扱いらしい。

バーク公爵家にだって事情はあるだろうに、妹は自分の言い分が全て正しいとでも言いたげに憐れみを誘う涙目でグズグズと鼻を鳴らしている。

本当に成長しない。もう二十代も半ばを過ぎるというのに、とっくに嫁に出た姉相手にグチグチと。これで一児の母だというのだから頭が痛い。

「レスリー様は家を出たと言っても大切なご子息なのでしょう？　少しくらい援助の余地があるのではなくて？」

話を聞くまで帰ろうとしないので仕方なしに口を開くと、ニーアの目がきらりと光った。

「それがね！　あの人たち、そもそも放蕩三昧のレスリーに手を焼いててうちに婿入り大賛成だったっていうのよ！　さっさと縁を切りたかったんだって！　結婚式の時、妙に金払いがいいと思ったらあれが手切れ金だったって言うのよ！　馬鹿にしてるわ！」

口許に当てていたハンカチを引き千切る勢いでニーアが勢いよく文句を言う。

なるほど。最後の親心である結婚資金の援助を、あのド派手な式につぎ込んでしまったわけね。

あまりに呆れて、行儀悪くも机に頬杖をついて脱力してしまった。

たぶん、少なくともレスリーはそれを知っていたはずだ。婿入り先を探していたとジェレミーが言っていたから、自分が追い出される気配を察知していたのだろう。

おそらくニーアも聞いていたのではないか。でなければいくら本人たちの希望だといっても、公爵家の次男がこんなにすんなり侯爵家に婿入りが決まるとは思わなかったはずだ。けれど彼女の脳味噌は、なんでもかんでも彼女の都合のいいように物事を捻じ曲げてしまう癖がある。だからお金を出してくれる理由を綺麗さっぱり忘れてしまっているのだろう。きっとそんなところだ。そしてきっとジェレミーもそれをしっかり把握したうえでレスリーをニーアに宛がったのだろう。

楽しそうに画策する夫の様子が想像できて、微かに口許に笑みが浮かんだ。

話半分に聞き流す私をよそに、ニーアの愚痴はなおも続く。

『可哀想な私』に同情してほしくて、『ニーアは悪くないのよ』と慰めてほしくて来るのだろうけれど、聞いてもらう相手を間違っているとしか思えない。ニーアへの同情心なんて欠片も湧かないどころか、聞けば聞くほど次期当主としての自覚がないことに腹が立ってくるだけなのに。

アポイントもなしに現れては愚痴三昧の妹は、自分の恥部を晒しているだけと気付きもせずに余計な情報を披露していく。おかげで知りたくもないのに実家の実情に詳しくなってしまった。

家のことはともかく、ブラクストン領はこの先どうなってしまうのだろう。

ニーアのことよりそちらが気になってしまうせいで、門前払いもできないでいる。

「それなのにレスリーってば全然自分が悪いと思ってないんだから！　なんで我が家のお金を他の女を着飾らせるために使わなきゃならないのよ！」

こめかみに青筋を立てながらニーアが言う。

レスリーはもともと奔放な人だったから、結婚してからも浮気が当たり前らしい。証拠を握って責めても「お前も好きにすればいい」と言うばかりで愛のない生活なのだとか。そのうえブラクストン家のお金で好き放題飲み食いして太り始め、麗しかった容姿は翳り始めている。そして不摂生のためか頭髪も順調に薄くなっている。つい先日チラリと見かけたが、ジェレミーより年下とは思えないくらいに様変わりした姿に驚愕したのは記憶に新しい。

それを愚痴るニーアもまた、美人だったのが嘘のように衰え、老けたように見える。ストレスのせいか髪も肌も傷み、輝くような美しさは失われて久しい。

「レスリーったらよその女のところに逃げてロクに息子に構いやしない！　どうして私ばかり苦労しなきゃならないの⁉」

そう憤るニーアも、機嫌のいい時に気まぐれに子供を可愛がるだけだ。たまに連れてくる甥は元気に育っているが、躾もロクにせず甘やかしてきたせいで、野生の動物よりもひどい状態だ。愛玩用のペットよりも手を掛けていないようだから、そうなるのは当然のことだろう。

冷たいけれど、できるならばその子とはもう二度と関わりたくなかった。

欲を言うならニーアとももう関わりたくないのだが、来るなと言っても聞いてくれない。それに、不本意ながらブラクストン領のことを聞きたいという気持ちもあるのだ。

「お姉様もお姉様よ！　お嫁に行ったら後はもう知らん顔で！　お姉様のせいでこんなに困っているのに！　後ろめたく思わないわけ⁉」

そう。少なからず罪悪感はある。ニーアの現状はともかくとして、ブラクストン領がどんどん傾いていくのが気に掛かるのだ。もちろん両親への同情ではない。ブラクストンの領民への懸念でだ。

彼らは何一つ悪くないというのに、ブラクストン家のごたごたに巻き込まれて苦しい生活へと追い込まれている。その引き金となった自分の立場に、思うところがないと言えば嘘になる。

商工会の代表者たちとは領地を良くするためにと何度も話をしてきたし、最初は小娘に任せて大丈夫なのかと懐疑的だった彼らも、最後には私を信頼してくれていた。それなのに、両親に見放された形とはいえ、結果的に彼らを捨てたようなものだ。

もちろんニーアは領民たちを心配して言っているわけではない。ひたすらに自分が可哀想だと愚痴り続けるニーアに、思わずため息が漏れる。彼女にとっては領民の窮状などどうでもいいことらしい。

「ほら、やっぱりお姉様も心配でしょう？　あいつら、きっとズルして収入を誤魔化してるのよ。税収が減ってるってお父様が嘆いているのを聞いてしまったもの。きっとお姉様が領民をセコセコせっつかなくなったせいだわ！」

私の憂いた顔を見て自分に分があるとでも思ったのか、ニーアの言葉が勢いづく。

「レスリーのせいで私のドレスは着回したものばかりなのよ！　可哀想だと思わないの!?　少しくらいお金を都合してくれたっていいじゃない！」

結局言いたいことはこれなのだ。馬鹿げている。ニーアの何が可哀想だというのか。全て自業自得で、同情の余地なんてこれっぽっちもないのに。

「お姉様ならわかってくださるわよね？　ね？　今もほら、ジェレミーは仕事をお姉様に押し付けて他の女のところに行っているのでしょう？」

唐突に話題がジェレミーに移り、決めつけるように言われてぴくりとこめかみが疼く。

「……何の話？　ジェレミーは別の仕事で外出しているだけよ」

「嘘よ嘘。そんなの信じてるの？　お姉様ったらどこまで人がいいのかしら。それとも馬鹿なの？　男ってみんなそうなのよ。結婚したら妻に興味がなくなるの」

したり顔で言って、私にダメージを与えるためのとっておきのネタを用意している時の意地の悪い笑みを浮かべた。

「私、知ってるんだから」

「何を？」

「ジェレミーが王宮でドレイパー家のご令嬢と親しくされているのを」

たぶん、用もなく王都に入り浸っているらしいレスリーからの情報なのだろう。得意げに言うその令嬢の名前は聞いたことがある。もちろんジェレミー本人の口からだ。領地管理をする部署に勤めている文官の一人らしい。若いのにとても優秀で、話していてストレスがないのだとか。恐らく侯爵家に格上げされるにあたり、領地の調整が多少はあるだろうから、その関係で話す機会が増えているのだ。

「残念だけど私も知っている方だわ。お仕事の関係でお話をされていたのでしょう」

ニーアが確信をもって言いたくなる気持ちも分からなくはない。ジェレミーでなければ、私も疑ったり嫉妬したり忙しかったことだろう。

だけどジェレミーはいつだって言葉を尽くして私に愛を伝えてくれる。その言葉に嘘があるとはとても思えない。その点に関して、私は一度だって彼を疑ったことはないのだ。

「そんな分かりやすい嘘に騙されて単純ね。どうせ今も王宮の空き部屋でいかがわしいことをしているに決まっているわ」

「帰って」

あまりの馬鹿らしさに、無意識に冷たい声が出た。

「なによ！　図星指されたからって八つ当たり!?」

私の態度にカチンと来たのか、ニーアの顔が怒りの形相へと変わる。

「迷惑だから騒がないで。あなたと違って忙しいだけ」

「有能な女アピール？　馬鹿みたい。そんなだから置いてかれるのよ」

「適材適所よ。ジェレミーが留守の間、私が領地のことを預かっているの」

言いながら、自分でも本当は違うのではないかという疑念が浮かんでは消えていく。

「社交界で役に立たないからお情けで雑用任せられてるだけのくせに！　あんたと結婚したこと、ジェレミーはきっと後悔しているはずよ！」

ニーアの言葉にずきりと胸が痛む。そんなことはないとハッキリ言いたかったけれど、口にするのは躊躇《ためら》われた。愛情と信頼は別のところにあるものだからだ。

「どうせ捨てられるに決まってるわ。そうなってからじゃ遅いんだから！」

「余計なお世話よ」

「今なら泣いて謝れば許してあげる！　勝手に家を出て申し訳ありませんでしたって！　オーウェン家じゃ役に立たないお姉様でも、私たちなら上手に使ってあげられるんだから。またうちで働かせてあげる！　お父様たちもきっと喜ぶわ！　嬉しいでしょう!?」

いつまでも両親の言いなりだった頃の私が忘れられないのか、いいアイデアだと言わんばかりにニーアが顔を輝かせて言う。

「何が嬉しいのか全然分からないわ」

「お姉様だってブラクストン領のことが心配でしょう？　前みたいにお姉様が雑用をこなせば、お父様たちもご自分のお仕事に集中できて、きっとまた上手くいくようになるわよ」

何も分かっていない見当はずれな提案に言い返す気にもなれず、わめくニーアを無視して無理やり部屋から追い出した。


「はぁ……どう思う？」

静かになった執務室でぽつりと問いかける。

「相変わらず私たちのこと完全無視でしたね！」

「視界が極端に狭いんですかねぇ」

資料整理をしてくれていたアニーとジェマがおかしそうに言う。

「ご自分しか見えていないようですから、ある意味そうかもしれませんね」

書類の精査を手伝っていたハンナがため息交じりに呟いた。

ニーアが突撃してくる時は大抵彼女たちもいてくれるのだけど、失礼なことにニーアは挨拶すらしない。ブラクストン家にいた頃から私の味方をするメイドたちという認識で彼女たちを敵視していたから、それに拍車が掛かったのだろう。

「いえあの、そういうことではなくて……」

「ジェレミー様のことですか？　大丈夫ですよ！　旦那様がユリア様を裏切るようなことは絶対にありません」

自信満々に請け負って、アニーがドンと自分の胸を叩く。

「どうせ何かまたロクでもないことを企んでいるだけです」

トントンと確認済みの書類の束を揃えながら、ハンナが冷静に言う。

「万一間違いがあったら、私がちょん切って差し上げますのでご安心くださぁい」

人差し指と中指で何かを挟むようなジェスチャーをしながら、ニコニコとジェマが言う。

何を、とは怖くて聞けなかった。

「そうじゃなくて、ジェレミーのお仕事のことよ」

浮気に関してはやはり疑いの余地はない。

だけどここのところずっと気になっていたことを、ニーアに見透かされたようで悔しかった。私は本当に、ジェレミーの役に立てているのだろうか。

前は明確にどういう用件で王宮に行くか逐一説明してくれていたのに、最近は聞いても「陞爵《しょうしゃく》のことで少しね」と理由を曖昧にするようになった。

結婚してからずっと仕事を手伝っていて、これまでなんでも相談しながら決めてきた。質問には全て答えてくれたし、私が提案したことだって、理にかなっていればきちんと採用してくれる。今だってそれは変わりないはずなのに、彼の忙しさは私の予想を遥かに上回っているように思えてならなかった。

「私にはお手伝えないことなのかしら」

小さくため息をついて俯《うつむ》く。

王宮に行く回数も増えたし、ニーアの言うようにドレイパー家のご令嬢に始まり、親しくする人間にも変化があるようだ。ジェレミーは社交界での勢力が変わってきたのだと笑うけれど、何か隠し事をされていると感じるには十分だった。

だけどジェレミーの隠し事は、大抵私のためにしてくれることだ。後ろめたいわけではなく、私に気を遣わせないための嘘。

だからそう、信用されていないのは私のほうなのだ。

きっとジェレミーは今、私の手には負えないような大きな仕事を抱えている。なのに優しいからそれを言えないでいるのだろう。お前は無能なのだと、突きつけることになってしまうから。

「考えすぎです、ユリア様」

「きっと何か的外れなサプライズを用意しているんですよ！」

「旦那様はいつだってユリア様のことだけですからぁ」

私のネガティブな思考を読み取ったのか、ハンナたちが慰めの言葉をかけてくれる。

私はそれに曖昧な笑顔で頷《うなず》いた。

こうやって彼女たちに気を遣わせてしまって、本当に私はダメだ。ニーアに対して成長がないなんて思っておきながら、自分だって結局のところそうなのだ。

ニーアの言うように有能な女だなんて思えるほど恥知らずではない。ただ私を愛してくれたジェレミーのために、少しでも役に立とうと必死だった。だけどその成果は彼が期待するほどではなく、きっとどこかで私はジェレミーに見限られた。

それでもジェレミーの私に対する深い愛は変わらずにいたことを、単純に喜ぶことはできない。

私は庇護の対象として側にいたいわけではなく、彼と並んで歩ける人間でいたいのだ。

だけどその望みは叶いそうにない。もしかしたらニーアの言う通り、ジェレミーは私との結婚を後悔しているのかもしれない。

そう思うと、胸が引き絞られるように痛んだ。

◇◇◇

一週間が経って、ジェレミーが疲れた顔で帰ってきた。

出掛ける前に釘を刺しておいたのに、両腕に大量のお土産を抱えながら。

「ただいまユリア。会いたくて堪らなかったよ」

「おかえりなさいジェレミー。疲れたでしょう、こんなに大荷物で」

「ユリアを思い出すたび、何かプレゼントをしたくなるんだ。もうそういうものだと思って諦めてくれ」

執事のマシューに荷物を全て預けて、私を抱きしめながらジェレミーが言う。

「ふふ、困った人ね」

「その言葉を聞きたくて買ってきてしまう節もあるかな」

おどけたセリフに、抱き合ったまま笑いを漏らす。

一週間分の空白を埋めるような長い抱擁を終え、一緒に食堂へと向かう。ちょうど夕飯の時間だ。

久しぶりに屋敷の主人に食べてもらえると張り切って作られた豪勢な食事をゆっくりと味わった後、ジェレミーは至福の表情で「幸せだ」と呟いた。

それから寝室で、会えない間のことを報告し合った。

さりげなさを装って王宮でのことを聞いてみたけれど、やはり曖昧に言葉を濁されてしまう。とても巧妙で、大抵の人は気付かずにやり過ごしてしまう程度の分かりづらさだ。だけど彼と長く過ごし、彼を愛し、彼ばかり見てきた私にだけ分かる微かな違和感があった。

「ところで、留守の間ニーアが来ていたんだって？」

「そうなの……ごめんなさい、勝手に入れてしまって」

話を逸らそうとするのを感じたけれど、それ以上の追及はせずに素直にそれに乗る。

「いいさ。追い払おうとすると暴れるんだろう？　目に浮かぶようだよ」

苦笑しながら抱きしめてくれる腕の力は優しく、私を慰めてくれるようだった。

「そんなことよりも、ユリアが胸を痛めていないかが心配だよ」

「私は別に……」

そこまで言って口籠る。私がブラクストン領のことを憂いているのなんて、ジェレミーはお見通しだろう。それを申し訳なく思う。

ブラクストンの名を捨てたのは自分の意思だし、そのことに後悔はない。けれどジェレミーにとってはどうだろう。

彼は未だに、私に家を継がせなかったことが良かったのだろうかと思う時があるらしい。直接口で言われたことはないけれど、ブラクストン領を気にしているのは明らかだ。単純に隣接する領地だからというだけではない。領地政策を話し合うとき、まず第一にブラクストン領に悪い影響がないかを確認してくれるのだ。

「何も気に病まないでいいんだよユリア。全部私に任せて。悪いようにはしないから」

優しい声で私の髪を撫でながら、まるで小さい子に言い聞かせるようにジェレミーが言う。

ジェレミーは私の不安を見抜いて、安心させようとしてくれている。

それは分かるのに、どうしてだか胸にはモヤモヤしたものが広がっていった。

「……ねぇ。何か私に隠してる？」

「うん」

意を決して訊ねた私に、ジェレミーは僅《わず》かの逡巡もなく頷《うなず》いた。

「そ、そうなの……」

また誤魔化されると思っていたせいで戸惑う私に、ジェレミーが苦笑して私を抱きしめる腕に力を込めた。

「不安にさせているよね。でもごめん、まだ言えないんだ」

申し訳なさそうに眉尻を下げてジェレミーが苦しげに言った。

「だけど、絶対に騙したり裏切ったりということはない。誓うよ。私がユリアのためだけに生きているということだけは信じてほしい」

ゆっくりと身体を離し、私を正面に見据える。

「ただ、隠し事はしているけど嘘はつきたくないんだ。もし今どうしても明かしてほしいというのなら、一からきちんと説明する」

ジェレミーの言葉は誠実で、目を逸らすことなくまっすぐに私を見ていた。

本当は隠し事があることすら言う気はなかったのだろう。だけど私が不安がるから明かしてくれた。彼はいつだって私のことを思って行動してくれている。

それをきちんと知っていたはずなのに。

「……分かったわ。あなたが私に話していいと思う時まで、何も話さなくていい」

私も彼の目を見たまま頷《うなず》いた。

いじけたり投げやりになったりしているわけではない。

気付いたのだ。私の不安の原因は彼ではないと。

「その時まで私は私のできることをしようと思うわ。あなたに内緒でね」

「ユリア……！」

いたずらっぽく微笑むと、ジェレミーは感嘆混じりに私の名を呼んで、再び私を強く抱きしめた。

そう、私の不安は私だけのものだ。いじけてウジウジしているだけでは何も変わらない。だからそれを消すために、私は自分にできることをしよう。

◇◇◇

「アニー、ハンナ、ジェマ。頼まれてくれる？」

ジェレミーが再び王都へと旅立ったのを契機に、行動を開始する。

彼には彼の考えがあって、まだ私に伝えるべきではないと思っているならそれを信じて待つ。その間をただ安穏と過ごすのではなく、自分で考えて動ける人間にならなくてはならない。それができなければ、この先ジェレミーの顔色を窺うようになってしまうだろう。それではブラクストン家にいた頃と何も変わらない。

「もちろんです」

「断るとお思いですか？」

「その言葉を待ってましたぁ」

内容を伝える前から快く引き受けてくれる三人が本当に大好きだ。

私もジェレミーに頼られた時に、いつでもフットワーク軽く対応できる状態でありたい。

だからまずはブラクストンのことを考えよう。

もう自分には関係ないことなのだと思い込もうとしても無理だった。どうせ気になってしまうのなら、積極的に関わってしまえばいい。憂いているだけでは誰も救われないし、いつまでも妻が中途半端に過去のことを引き摺っていては、ジェレミーだって気が散るはずだ。

ならば自分で問題を解決してしまおう。

「アニーはオーウェン領内情勢の正確な情報収集を。ハンナはブラクストン領をお願い。ジェマはブラクストン家に出入りしていた業者や商工会の代表者たちを当たってちょうだい」

自分の名前を出して構わないから、と告げると、彼女たちが心得たように頷《うなず》く。

「ブラクストンの領民をごっそりいただいてしまいましょう」

「オーウェン領は慢性的に働き手不足ですしね」

「うちの農園にも活きのいい若者が欲しいって母さんが言ってましたぁ」

オーウェン領に実家のあるジェマが嬉しそうに言う。その呑気な言い方に、無意識に肩肘を張っていた身体から程良く力が抜けていった。

これから私はブラクストン領の中でオーウェン領への移住を希望する領民がいれば、受け入れられる体制を整えようとしている。当然、最終的には領主であるジェレミーの同意が必要になるけれど、ある程度の下準備はしておきたかった。

きっとジェレミーは、私が何もせずに「ブラクストン領民を救いたいの」と無責任なことを言っても了承してくれるだろう。けれどそれでは私が嫌なのだ。必ず通ってしまう我儘を言うのなら、せめてジェレミーの手を極力煩わせないようにしたい。

もちろん全ての希望者を考えなしに受け入れるというわけではない。オーウェン領はジェレミーの努力で豊かではあるけれど、見返りなく全員を養うことなんてさすがに無理だ。けれど働き口を紹介することは可能だし、安く土地を貸したり、農地開拓に協力してもらうことで衣食住を提供することだってできるはずだ。

目標を据えてからの日々は、目まぐるしく過ぎていった。

ジェレミーから任されている仕事をこなしながらの作業だ。徹夜をすることもあった。もちろん少しでも体調を崩せばジェレミーにはすぐに見破られてしまうから、無理をするのは彼が不在の時だけ。

ハンナたちの集めた情報をもとに、オーウェン領で彼らの生活を支えることが可能かどうかの試算を何パターンも猛スピードでこなす。その傍らでブラクストンの商工会を通し、領内の有力な商人や実力者に根回しすることも怠らない。

それから、よからぬ輩がオーウェン領に入り込まないようにするのも肝要だ。交渉役のジェマのおっとりした物腰に油断して、どうにか自分たちの有利なように推し進めようとする人間を彼女は容赦なく切り捨ててくれる。むしろそういう小狡い人間を炙《あぶ》り出すことに重宝していた。

「意外だわ」

私の考えに同意してくれた人たちのリストを眺めながら呟く。

「何がです？」

「ううん……なんというか、想定よりずっとスムーズに進むから」

「ああ」

私の疑問に、ハンナたちが顔を見合わせて笑い合う。

「実は、最初は結構怪しまれていたんです」

「自分たちを囲い込んで、オーウェン家にどんな企みがあるんだってね」

「でも、ユリア様のお名前を出したら一発でしたぁ」

彼女たち曰く、初めのうちは訝しんでいた人たちも、「ユリア様がご提案されたことなら」と私の名前を聞いた途端、従う姿勢を見せてくれたのだという。その効果は絶大だったそうだ。

「オーウェン家に嫁いだことは領民たちに知らされていなかったようで」

「ご当主たちが再び表に立つようになって、ユリア様に話を聞いてほしいんだって嘆願したら拗ねちゃったらしいんです。それでユリア様の消息を訊ねてもダンマリで、ずっと心配されてたみたいですね」

「大人げないにもほどがありますよねぇ」

「そう……そうだったの……」

呆れた顔の彼女たちの報告を受けて、じわりと胸が熱くなる。

元ブラクストン家長女の名に多少の効果は期待してはいたけれど、これほどまでとは思っていなかった。しかも領民たちは、私のいないブラクストン領など未来はないと、領外脱出の計画を練っているところだったらしい。そのタイミングで私から声がかかり、まさに渡りに船だったのだというう。だからこんなにもスムーズに事が進んだのだ。

今までしてきたことは無駄ではなかった。親の愛情を得ることはできなかったけれど、領民たちの信頼を得ることができていたのだ。そのことがこんなにも嬉しいなんて。

真面目で働き者のブラクストン領民たちが来てくれることになれば、きっとオーウェン領にとっても良い結果になる。ジェレミーの役に立てるかもしれない嬉しさも相俟《あいま》って、とうとう涙を堪えきれなくなってしまった私の背中を、労わるようにハンナたちが優しくさする。

その温かい手に、ここのところずっと持て余していた不安はどこかに吹き飛んでしまった。

その後も彼女たちは期待以上の働きを見せてくれて、三ヵ月もする頃には私がジェレミーに提案するまでにここまでは纏《まと》めておこうと決めていたラインを超える直前までできていた。

◇◇◇

「証拠を持ってきてあげたわ！　これでお姉様も信じてくださるわよね⁉」

鼻息も荒く、ニーアが開封済みの手紙を持ってやってきたのは、春の訪れを感じる麗らかな昼下がりのことだった。

相変わらずアポイントはなかった。執事のマシューの制止を振り切ってこの執務室まで来たのだろう。マシューが申し訳なさそうな顔で頭を下げるのに苦笑しながら、目配せで下がらせる。こんなことで彼の仕事の手を止めさせるのは忍びない。

「……それで？　それが何の証拠で、私は何を信じればいいのかしら？」

扉が閉まったのを確認してから問う。ニーアは意地の悪い笑みを浮かべて、眼前に突き出したままの手紙を私の手元に置いた。

「ジェレミーが王都で浮気をしていた証拠よ」

自信たっぷりに言って、私に中身を確認するよう促す。

仕方なしに封筒から便箋を取り出して文面に目を落とすと、それは確かに身体の関係を持ったであろう女性からの、ジェレミー宛の恋文だった。

「なるほどね……ところで差出人は、くだんのご令嬢ではないようだけど」

手紙の署名は、以前ニーアが挙げた名前ではない。仕事相手としてジェレミーの口から聞いたこともない。私の知らない人物からのものだった。

「別に名前なんてなんでもいいでしょう。だけどこれはお姉様の大切な夫が、お姉様なんか大切じゃないと思っている確かな証拠よ。どう、思い知った？」

勝ちを確信したらしいニーアの顔が醜く歪む。

「そうねぇ……」

改めて手紙を検分しながら呟く。

確かにジェレミー宛てだし、知らない名前とはいえ、貴族の令嬢らしく教養ある文章だ。ニーアの字ではないし、読み書きができるような優秀なメイドを側に置きたがらないので、捏造でもなさそうだ。

しかし、その手紙の中で記されているジェレミー・オーウェン像が、どうしても現実のジェレミーとは重ならないのだ。だから浮気の証拠と言われてもピンと来ない。

しかも、なぜそれをニーアが持っているのか。

分からないけれどニーアは自信満々で、私が動揺のあまり何も言えなくなっていると思っているらしい。

「結婚してもう何年も経つのに子供の一人もいないのだもの。それこそが愛されていない何よりの証拠ね。飽きたのよ、お姉様に。ジェレミーも所詮その程度の男ってことね」

勢いを増したニーアが、私たちのことを何も知らないくせに勝ち誇ったように笑う。

「そんな男と結婚して満足してるお姉様の程度も知れるわ。お似合いよ。今日だってどうせ王都なんでしょう？　きっと今頃この手紙の女と仲良くやっているわ。可哀想なお姉様」

そんなことちっとも思っていないくせに、変に同情めいたことを言うのがひどく不快だった。ただでさえニーアがジェレミーの名を馴れ馴れしく呼ぶのが腹立たしいというのに。

「きっとジェレミーに捨てられる日も近いわ。そうなる前にお姉様から捨てて差し上げてはいかが？　今ならまだ間に合うわ。お父様たちへの説得なら私がしておいてあげる。だから心配しないで？」

猫撫で声で言われても何も心に響かない。私はニーアなんかよりジェレミーを信じているし、たとえジェレミーに捨てられる日が来るとしたら、それは浮気なんかではなく私が私でなくなってしまった時だ。

こんな出処不明の手紙ひとつで、私が泣きながら出戻ると本気で思っているのだろうか。

「あなたの浮気性の夫と、私のジェレミーを一緒にしないで」

低い声を発すると、ニーアの肩がびくりと跳ねた。

「な、なによ……お姉様のくせに口ごたえする気……？」

予想外の反論に勢いを削がれたのか、ニーアが顔を引き攣《つ》らせながら言う。やんわりと反論することはあっても、こんなふうに強い口調で言い返すのは初めてだからだろう。

まともに喧嘩したことなんてないから、この後どう言えばいいのかは分からない。だけど言わずにはいられなかった。私の大切な人が馬鹿にされているのだから。

「いいこと？　ジェレミーはね」

まず手始めに、彼の素晴らしさを説くところから始めましょう。

そう思った瞬間、執務室の扉がバンと勢いよく跳ねるように開かれた。

「ユリア!!」

その勢いのまま、私の名前を心底嬉しそうに呼んで、喜色満面のジェレミーが飛び込んできた。

「聞いてくれ！　とうとう決まったよ！　今日はお祝いだ！」

呆気にとられる私のもとへ、ジェレミーがまっすぐに向かってくる。それから執務机に飛び乗って、私の両手を握り締めた。

「ああ愛しているよユリア。寂しい思いをさせて本当にすまなかった」

幸せそうに目を細め、頬に手を添えるのと同時に顔中にキスの雨が降る。

「ちょ、ちょっとジェレミー、お行儀が悪いわ。今お客様が来ているのよ」

「客？　それはとんだ失礼を、……ってなんだ、ニーアか」

慌てて止めると、ジェレミーは驚いたように振り返り、客がニーアだと気付いた途端に顔を顰《しか》めた。

「また来ていたのかい。よっぽどヒマなんだな。とっとと帰って少しは領主の仕事を手伝ったらどうだ」

「う、うるさいわね！　あんたには関係ないでしょ！」

ソファから立ち上がってニーアが怒鳴る。失礼な物言いに、けれど彼は肩を竦《すく》めるだけにとどめた。興味がないのだろう。

「まったくもって関係ないが……ってキミ、本当にニーアか？」

途中で言葉を途切れさせて、ジェレミーがまじまじとニーアを見つめる。ジェレミーとニーアは彼女の結婚式以来顔を合わせていないから、ニーアの変貌ぶりに驚いているのだろう。

「……まあどうでもいい。妻が迷惑している。いい加減嫌われていることに気付いたほうがいい」

「なっ！」

淡々とそれだけ言って、ニーアの反応も待たず再び私に向き直る。

机から降りる気がないのを見るに、どうやらニーアを客とは認めなかったらしい。

「そんなことよりもユリア。陞爵《しょうしゃく》の話が現実的になったよ。近いうちに、オーウェン伯爵家は侯爵家となる」

それを聞いた瞬間に唇が震えた。

「ああジェレミー、なんてこと……！　おめでとう、あなたの努力がようやく報われたわね」

「二人の、だろう。ユリア。一緒に走り続けてくれてありがとう。あなたがいなければここまで来られなかった」

感極まったように声を震わせて、ジェレミーが目を潤ませた。

珍しく感情を昂ぶらせる彼を見て、私も泣きそうだ。

「愛してる。これからもずっとだ。最後まで共に歩んでくれるかい」

「もちろんよ。愛しているわ、ジェレミー」

そっと頬に触れて、机の上から座ったままの私に顔を近づける。

私も応えるように顎を上げて、ゆっくりと目を閉じた。

「ちょっと！　どういうことなの⁉」

すっかり忘れていた妹の絶叫に、ハタと気付いて目を開ける。

唇が触れる寸前の距離で、ジェレミーが目つきを鋭くして舌打ちをした。

「まだいたのか。無粋な女だな」

吐き捨てるように言った後で中断されたキスを遂行して、名残惜しそうにため息をこぼしてからようやく執務机から床へと降り立つ。

私は肉親の前でキスをした恥ずかしさに照れて、誤魔化すように少し乱れた髪を整えた。それからようやくニーアのほうを見ると、彼女は呆然としたように立ち尽くして、服の裾を握り締めて表情を険しくしていた。

「侯爵に格上げですって……⁉　ふざけるんじゃないわよ格下のくせに！　お姉様のくせに……！」

ワナワナと身体を震わせながら、焦点の合わない目でニーアが呟く。それはどこか危ういものを感じさせる響きだった。

おぼつかない足取りで、ふらりとニーアが歩を進める。

ジェレミーが眉を顰《しか》めてわずかに身構えた。

「ねぇ、ジェレミー……侯爵家なんて嘘でしょう……？　嘘よね？　私に気に入られたくて見栄を張っただけよね」

「そんなわけないだろう。お前など心底どうでもいい」

「ああなるほど、わかったわ！　私とヨリを戻したいのでしょう⁉　だからそんなこと言うのよ」

パッと顔を輝かせたニーアに、ジェレミーが不快げに表情を歪めた。

けれどニーアは気付く様子もなく、自分の思い付きが気に入った様子で嬉しそうに目を細めた。

「そうよ。そうなのね？　よく見ればあなた、昔付き合っていた時よりずっと魅力的だわ。スタイルはもともと良かったけど、身体を鍛えたのね。私のためによく頑張ったわ。うん、前よりもっと素敵になった。今なら私ももっと愛してあげられる」

「気持ちの悪いことを言わないでくれないか。鍛えたのはユリアのためだし、お前の愛など不要だ」

ふらりともう一歩ジェレミーに近づいて、自分に都合のいい解釈しかできないニーアが、媚びるように笑みを深める。

「お姉様の前だからって冷たいフリしなくていいのよ。お姉様は私になんだってくれるんだから」

夢見るような口調で言って、また一歩ジェレミーに近付く。

「いつだってそう。私が欲しいものはすぐに譲ってくれるの。私のほうが似合うって分かっているのよ」

「……何を言っているの？　ジェレミーを譲るわけないじゃない」

「あんたは黙ってなさいよ！」

あまりにも身勝手な言い分に思わず口を出すと、ニーアが思い切り私を睨みつけた。

ジェレミーに見せていた媚びた態度から一転して、激昂した表情に思わずたじろぐ。

今までも度々癇癪《かんしゃく》を起こすことはあったが、こんなに激しい感情を向けられたのは初めてだ。

「もともと私と結婚するはずだったのに！　横取りしやがって！　返しなさいよ‼」

結婚してからのストレスや不満が、私の一言をきっかけに爆発してしまったのだろう。正気を失いかけた瞳孔の開いた目で、唾を飛ばしながら喚く姿は醜悪だ。思わず目を逸らしたくなるほどに。

「お前と結婚する予定があったことは一度もない」

髪を振り乱して私を罵るニーアに、ジェレミーが冷たく言う。

「嘘よ！　私のことを愛していたくせに！」

ニーアの視線が再びジェレミーに戻った。向ける相手が変わるたび、表情が別人のようにガラリと変わるのが恐ろしい。

「よくそんな勘違いができるな」

「本当は私と結婚したかったんでしょう？　でも手に入らなかったからお姉様で我慢しようとしたんだわ。いじらしい人。少しでも私との繋がりがほしかったのよね。馬鹿なお姉様がブラクストン家から追い出されるとも知らずに……」

実際にフラれたのがニーアだというのは、やはり彼女の中でなかったことになっているらしい。それにブラクストンを出たのは自分の意思だし、そのきっかけはニーアの不始末だ。

自分に都合のいい物語に仕立てるために、ニーアの中では話の順序がめちゃくちゃになっている。

「でももう大丈夫。ちゃんと分かっているから。全部分かっているのよ。本当は私もあなたを愛しているわ。だからねぇ、私とやり直しましょう？」

「断る」

「どうしてそんなこと言うの……？」

素気無《すげな》くジェレミーが言うと、ニーアが本気で不思議そうに首を傾げた。

「ああそうだわ！　お姉様と私を交換しましょう。お姉様だってブラクストン家を継ぎたかったのだし、ちょうどいいでしょう？　お姉様にはレスリーをあげるわ。そうよ、そうしましょう。それで全部上手くいくわ。ね？」

ニーアがジェレミーの腕に縋《すが》りつく。それがひどく汚らわしいものに思えて、反射的に椅子から立ち上がり、ニーアの腕を掴んだ。

「ジェレミーに触らないで」

強い口調で言った瞬間、ニーアの目に狂気染みた光が宿った。

「何よ！　お姉様のくせに私に逆らう気⁉　ブスが調子に乗ってんじゃないわよ！　こいつは私のものよ！　あんたはいつもみたいに黙って差し出せばいいの！」

掴みかかってくるニーアをジェレミーが引き剥がす。

怒りに満ちた表情で、なおも暴れようとするニーアはまるで獣のようだ。

「妻に危害を加えるつもりならお引き取り願おう」

「なんでよ！　どうしてこうなるの⁉　なんでお姉様ばっかり！　なんでも持っててずるいじゃない！　ずるいずるいずるいずるい！」

その言葉に、私の中の何かが切れる音がした。

「……ずるいですって？」

底冷えするような声に、ニーアの動きが止まる。

ニーアを羽交い絞めにしているジェレミーもぽかんと口を開けた。

自分でもこんな声が出せるなんてびっくりだ。だけどもう止まらなかった。

「ずるいのはあなたでしょう」

思っていたより冷静に言えたことにホッとする。頭もたぶん冷静だ。

言いたいことは山ほどあるけれど、ニーアみたいに怒鳴り散らして同じレベルに落ちるのはごめんだ。

「何の努力もしないでお父様たちから全て与えられて。侯爵家の責務も果たさず遊んでばかり。それなのに結局は家督まで受け継いで」

口から出ていく言葉を止める気はない。どうせならこれを機に全部吐き出してしまいたかった。

「私がなんでも持っている？　ふざけないで。私は何ももらえなかった。全部あなたに奪われたのよ。それをあなたが勝手に捨て続けてきただけ。ありがたみも分からずに」

ニーアを睨みつけながら淡々と言う。

そう、今まではニーアの言う通りになんだって譲ってきた。抵抗しても無駄だから。大事なものだろうが必要なものだろうが、ニーアが欲しがれば問答無用で親に取り上げられた。

そのうち、ニーアに奪われる喪失感や絶望感を味わうより、自分の意思で妹に渡した方がまだマシだと思うようになった。

そうして今度はだんだんと大事なものを作らないようになった。

最初から全部私のものじゃないから、いつなくしても傷つかない。

そうやって自分の心を守ってきた。

「いま私にあるのは、私が努力と忍耐の末に自分の力で手に入れたものだけだわ」

だけどもう無理だ。もう譲れない。ようやく自分の力で掴んだ幸せなのだ。

欲しがるばかりで、なんの苦労もしてこなかったニーアになんか渡せない。

「誰に与えられたものでもない。だからあなたなんかに死んでも譲らない。ジェレミーは私のものよ。私が愛しているのは彼だけだし、彼も私だけを愛してる。交換なんてできるわけない。そんな簡単なことも分からない馬鹿だから、あなたはいつまでも幸せになれないのよ」

今まで言えなかったことが堰《せき》を切ったようにあふれ出る。

ニーアが愚痴を言いに来るたびに思っていたことだ。全部自業自得だとしか思えず、レスリーが本当にひどい夫だとしても、同情なんて少しも湧かなかった。

ニーアは信じられないという顔をしている。当然だ。今まで妹の言うことにはいはいと頷《うなず》くことしかしてこなかった、下僕のような姉だったのだから。

「昔からあなたのことが大嫌いだったわ。今でも嫌い。世界で一番大嫌いよ……でも」

声が震えそうになるのを堪えて一旦言葉を切る。

ジェレミーが何も言わずに隣に立ち、そっと私の腰を抱いて励ますようにこめかみにキスをしてくれた。

「……ひとつだけ、感謝してる。ジェレミーを連れてきてくれたこと」

だから笑う。

ジェレミーが美しいと褒めてくれた微笑みを浮かべて。

「踏み台になってくれてありがとう。おかげで私はとても幸せよ。交換なんて絶対にしない。あんなくだらない家も不誠実な夫も、あなたにお似合いだわ」

何一つ良い思い出のない、牢獄のような家だった。

ジェレミーに出会わなければ、彼が策略を巡らせてくれなければ、両親と妹に支配されながらあの家で生涯を終えていたのかと思うとゾッとする。

ニーアは初めて私に真っ向から反抗された衝撃からか、唇をブルブルと震わせたまま何も言えずに蒼褪《あおざ》めるばかりだ。

「理解したならもう二度とここには来ないで」

言い終えて肩の強張りを緩めると、ジェレミーの手がよくやったとばかりに私の頭をポンと優しく叩いた。

「マシュー、この女を摘みだせ」

大きな声でジェレミーが言う。

「かしこまりました」

ドアの外に控えていたらしいマシューが素早く室内に進み出て、ニーアの腕を掴む。

「ちょっ、何するのよ無礼者！」

「構うな。屋敷の外に放り出せ」

冷たい口調でジェレミーが言って、マシューが粛々と命令をこなす。

「ああそうそう。王都でレスリーと会ってニーアへの伝言を頼まれたんだった。しばらく帰らないと。気に入った娼婦でもいるんだろう」

「なんですって⁉　そんなことが許されるとでもっ」

「それからニーア」

「何よ！」

「これから覚悟しておくといい。いろいろとね」

意味深なことを言って、ジェレミーがあくどい笑みを浮かべる。

ニーアは言葉にならないヒステリックな声を上げていたけれど、マシューが問答無用でドアを閉めて、執務室はシンと静まり返った。

「……泣くほどしんどいなら、全部私に任せてくれて良かったのに」

ぼたぼたと涙を落とし始めた私を見て、ジェレミーが苦笑しながら目元に口付ける。

それでも涙は止まらなかった。

冷静なつもりだったけれど、慣れない口論に感情が昂ぶって涙腺がおかしくなってしまったらしい。

「私の、ことだもの。自分で、っ、ケリを、つけなくちゃ」

「かっこよかったよ」

みっともなくしゃくり上げながら、それでも精一杯の矜持を示すとジェレミーが目を細めて褒めてくれた。

「ありがとう。でも、人を悪く言うのって疲れるのね……」

勝手にこぼれる涙を拭ってぐったりしながら言うと、ジェレミーが笑いながら私を抱きしめた。

「私くらい性格が悪いと、ああいうのは楽しくて仕方がないんだけど」

「知っていたけど、あなたって相当タフだわ」

「ユリアもそのうちきっと快感になってくる」

冗談めかして言った後、私の頭を撫でて「よく頑張ったね」と言ってキスをくれる。自分の涙のせいで、それは少し塩辛かった。

「これから先、ニーアが逆上して迷惑をかけるかもしれないわ」

「その時は一緒に迎え撃とうじゃないか」

楽しげに言って、後先考えない行動を申し訳なく思う気持ちをあっさりと払拭してくれる。ごめんなさいと謝っても、きっと彼は聞こえないふりをするだろう。だから私もそれ以上は何も言わなかった。

それに、泣いている場合ではない。ジェレミーの言う通り、共に戦える人間にならなくては。

きっとニーアは家に帰るころには冷静さを取り戻して、私への仕返しを考えるはずだ。

そうしていつものように両親に言いつけて、姉を罰せと声高に訴える。

彼らはさぞ憤ることだろう。早ければ明日にも絶縁状が届くのではないか。それが私への罰になると、本気で信じて。

私がもう、親の愛情を求めて震える小さな子供ではないのだと気付きもせずに。

「ああユリア、話したいことがたくさんあるんだ。聞いてくれるかい？」

だけどそんな憂慮を吹き飛ばすように、ジェレミーが嬉しそうに言う。もうニーアのことなんて忘れたかのような口ぶりだ。

実際、もう彼の頭の中にはニーアの存在なんて欠片ほども残っていないのだろう。

「もちろんよ。私も聞いてほしいことがあるの」

だから私もニーアのことは忘れることにした。また何かしてきたら、その時に一緒に対策を考えればいい。

それになんとなく、ジェレミーが話したいことと私が話したいことは関係がある。そんなふうに思えた。

エピローグ

結局ニーアを撃退した日は、慣れないことをしたせいで疲れてしまった私を見かねて、詳細報告は翌日へ持ち越された。

遅めの朝食を終えて、ようやく気分が落ち着く頃にはずいぶん日が高くなっていた。

「では、すぐの話というわけではないのね」

「そうだね。早くとも三年はかかるかな」

談話室に場所を移して、ハンナたちも一緒にお茶をしながら、話は和やかに始まった。

「ずいぶん悠長な話なんですね」

「確定したわけではないんですか？」

「なぁんだ。ぬか喜びじゃないですかぁ」

「そのための根回しが済んだ、といったところかな」

メイドたちの感想にジェレミーが苦笑する。

「いろいろと面倒な手順を踏まなければならないし、昇格してもらうにあたってこちらが提示した条件が、本当に実現可能か証明していく必要がある」

「度々王宮へ出向いていたのは、その条件を整えるためだったのね」

「そうなんだ。ただ生産性を高めましたってだけだと後一歩足りなくて。いやぁドレイパー女史は厳しかったよ」

苦々しい顔で言って、ドレイパー家のご令嬢の辛辣さを並べ立てていく。ジェレミーが苦戦するとなると、彼女は相当の辣腕なのだろう。

「でも、じゃあなぜ私に隠すような真似を？　元々王宮へはその話をしに行くと言っていたわよね？」

「……そのことなんだけど」

私の疑問に、ジェレミーが待ってましたとばかりに笑った。

「実は、ブラクストン領をオーウェン領に統合することになった」

「統合!?」

思わず素っ頓狂な声を上げて目を丸くする。

「ふふ、その顔が見たかった。すごくキュートだ」

ジェレミーの手がそっと私の頬に添えられる。

「そんな……本当に……？」

「もちろん。まあようやくドレイパー女史への根回しが済んで、これからいろいろ実行に移すという段階だけど。なんとか協力の約束を取りつけることができたんだ。領地管理局が並行して動いてくれるから、あちらの提示した条件をクリアすれば統合が叶うだろう」

「……どうしてそんなことに？」

頭の整理がつかないままようやくそれだけ問うと、ジェレミーが困ったような微笑を浮かべた。

「ユリアがブラクストン領のことを気にかけていたのはずっと知っていたよ。そのせいでニーアを追い返すことができないことも。それがユリアの心に大きな負担をかけていることが耐えがたかった」

やはりブラクストン領への未練を見抜かれていたのだ。そのうえで心配をかけてしまったことを申し訳なく思う。

「それは……でも、なぜ黙っていたの？」

「『なんとかしよう』と言えば遠慮するのは目に見えているし、私に気を遣わせてしまったと気に病むだろう？」

まさに今その通りのことを思っていたことに気付いて苦笑する。

本当に、なんでもお見通しだ。

「ユリアにはいつでも笑っていてほしいし、何より喜ばせたかったんだ」

「ほら、やっぱりロクでもないサプライズ企んでた」

ジェレミーの言葉に、すかさず呆れたような顔でアニーが言う。

「今度は一体どんな汚い手を使ったんです？」

ハンナが楽しそうに聞く。責めるような口調ではない。彼女は近頃、ジェレミーの暗躍の手口を聞くのが好きなようだ。

「それはもう、ありとあらゆる手段を使って」

悪びれもせずジェレミーがにこやかに肯定する。

「それでユリア様悲しませてたら意味ないですよぉ」

続くジェマの笑顔がなんとなく怖い。

「本当にそうだ。驚かせたかったのもあるけど、失敗したらと思うと格好悪くて言えなかったというのもある。結局は私の我儘で不安にさせてしまったね」

申し訳なさそうに言われ首を振る。悪いのは私のほうだ。隠しきることもできず中途半端に態度に出して、結局はジェレミーの負担を増やしてしまった。

だけどごめんなさいと謝るのは違う気がした。彼がそんなことをしてほしいわけじゃないことくらい、私にもさすがに分かる。

「ありがとう。とても嬉しいわ」

精一杯の笑顔で言うと、ジェレミーが幸福そうな笑みを浮かべた。

「まあ、まだまだ揃えなきゃならない資料や書類が山ほどあるけどね。ブラクストン各地の現状詳細とか、主だった都市の長の了承を得たりとか」

その言葉に、思わずハンナたちと顔を見合わせてしまう。

「……実は私も、ブラクストン領とオーウェン領のために何かできないかと、勝手だけどいろいろ動いていたの」

私が言い終わるより先にアニーとハンナが部屋を出る。この三ヵ月でかき集めた資料の山を取りに、私の部屋へ向かったのだろう。

「本当に？　例えばどんな？」

興味深そうにするジェレミーに、ジェマが黙って二杯目の紅茶を注ぐ。

「少し、待っていてくれる？」

「もちろん、あなたが望むのならいつまででも」

優雅にカップを持ち上げてジェレミーが笑う。

それを飲み終わる頃に戻ってきたハンナとアニーが、ジェレミーの前にドサッと紙の束を置いた。

「目を通しても？」

「もちろんよ」

その中から一枚手に取ったジェレミーが、一瞬で真剣な顔に変わる。

次から次に、黙々と書類を読み進めてようやく手を止めた。

「……これは、すごいな」

書面に視線を落としたまま、感激したようにジェレミーが呟く。

「本当にすごい、これだけの情報や同意があれば、三年どころの話じゃなくなるよ」

ようやく顔を上げたその顔には複雑な表情が浮かんでいて、だけどどれもプラスのものに見えた。

「ありがとうユリア……これはハンナが集めた情報か……こっちはアニーだね。それから交渉役はジェマ？　うん。適任だ。無駄がない。なるほどね……」

再び文字を目で追いながら、ジェレミーが独り言のように呟く。それぞれの資料に署名がしてあるわけでもないのに、誰が何を担当したかすぐに分かるらしい。私だけでなく、私の大切なメイドたちまで彼はよく見てくれているのだ。

「……ああそうか、だからなのか」

一人得心したような顔で何度も頷《うなず》くジェレミーに首を傾げる。

「だからって、何が？」

「ブラクストンの商工会に話をつけてくれたでしょう？」

「え、ええ、そうだけど」

勢い込んで聞かれて、仰け反りそうになりながら頷《うなず》く。

「あの頑固爺さん、最初は私の話を聞こうともしなかったんだ」

ジェレミーも統合にあたって、商流の関係もあるために、先に商工会に話を通そうとしていたらしい。けれど「ブラクストン家に恩義があるから簡単に聞き入れるわけにはいかない」と跳ねつけられて、そこから話が頓挫していたらしい。

それがある時を境に、前向きに話を聞いてくれるようになった。時期を聞けばまさに私が動き始めた時で、そこからドレイパー女史との密談も上手く進むようになったのだという。

「あなたがこれまで築き上げてきた信頼と絆のおかげだ。彼らはユリアの言葉なしには動いてくれなかっただろうから」

ジェレミーの興奮気味な言葉に視界が滲む。

「何も言わないのに以心伝心だなんて、本当に私は素晴らしい奥さんを持ったよ」

そんなふうに言われて、嬉しくて仕方がなかった。

本当にジェレミーの役に立てたのだ。

そう思うと自然に涙が出た。

自分を誇らしく思えたのは初めてだ。ずっとジェレミーに助けられてばかりだと思っていたから。

「あなたが認めてくれた私の能力を、私自身も信じられるように頑張るわ」

私が思いつくことなんてジェレミーがとっくに思いついて実行に移していたのだと考えるとやっぱりまだまだだと思うけれど。

「領民も路頭に迷うことがなくなって、領地全体が潤って、きっとこの先いいことだらけね」

ハンカチで目元を拭いながら言うと、ジェレミーが申し訳なさそうな悪そうな顔になった。

「その……ブラクストンとの統合を条件に陞爵《しょうしゃく》の話に持っていったこと、怒ってないかい？」

イタズラを叱られる前の子供みたいに言われて笑ってしまう。

利用したみたいで罪悪感があるのかもしれないけれど、まったくそんなふうには思えなかった。

だって統合も陞爵《しょうしゃく》も、どちらか一方だけなら実現させられないはずだ。

「むしろ一石二鳥で素晴らしいことだと思うわ」

率直に言うと「ユリアならそう言ってくれると思った」とジェレミーが嬉しそうに笑った。

「恐らくうちが侯爵の位を賜った後で少しずつ統合が始まって、最終的にはそう遠くない将来にブラクストン家は取り潰しということになると思う」

そうか、昨日最後にニーアに覚悟しておけと言っていたのはこのことだったのか。

ようやく思い至って深く頷《うなず》いてみせる。

「構わないわ。あの家に未練なんてないもの。私にとって大事なのは、オーウェン家と領民だけ」

「良かった。これで心置きなく潰せるよ」

ホッとした顔で物騒なことを言って、ジェレミーが脱力する。

「そういえば、ニーアがこんなものを持ってきたのだけど」

話がひと段落したことでふと思い出して、ポケットを探る。

聞こうと思ってしまっていたラブレターを見せると、ジェレミーが嫌そうに顔を歪めた。

「……これはレスリー宛のものだね」

「レスリー様の？」

意外な返答に、思わず聞き返してしまう。

「あいつ、王都で私の名前を騙《かた》って女性を口説いていたんだ」

「まぁ！」

「入り婿が堂々と女遊びするのはまずいと思ったんだろう。問いただしに行ったら素直に白状したよ」

だからニーアがこの手紙を持っていたのか。レスリー宛とは気付かず、ジェレミーの不貞の証拠だと思い込んで。

「まったく……あいつが知恵を回そうとするとロクなことがない」

ぼやくジェレミーをチラチラ見ながら、メイドたちがコソコソと耳打ちを交わし合う。たぶんまた悪口を言い合っているのだろう。

「でも、レスリー様もこのままではいられないのでは」

このままいけばブラクストン家の次期当主だ。順調に事が運べば、もしかしたらレスリーとニーアが継ぐより先に統合が決まってしまう可能性だってある。そうなれば遊び回るお金どころか、住む場所さえ失ってしまうかもしれないのに。呑気に遊んでいていいのだろうか。

「ニーアと違って、私が言うまでもなくブラクストンの窮状に気付いているようでね。次の寄生先を探しているんだと」

「寄生先……」

人に対して使う言葉ではないかもしれないが、なんともしっくりくる表現だ。

「危機察知能力だけは異常に高いんだ。貴族も面倒だと言っていたし、次は高級娼婦のヒモにでもなる気かもしれない」

「なんとも豪気な方ですね……」

普通なら貴族の地位に執着するだろうが、あのレスリーならあり得そうな話ではある。

「ブラクストン家はますます修羅場になりそうね」

迫りくる未来を想像して思わず頭を抱えてしまう。できることなら私たちの関知しないところでやってほしいところだけど、まあ無理だろう。きっと何もかもが明るみに出たら、また突撃される。それどころか、今度は両親も一緒に来る可能性もある。今のうちにジェレミーに習って、皮肉や厭味の練習をしておいたほうがいいかもしれない。

「……でも、今度こそ本当にあの人たちと離れることができるのね」

ようやく今回の顛末《てんまつ》の全てを飲み込んで、感慨深く呟く。

ニーアが来るのをなあなあで受け入れていたのももうおしまいだ。もし次があれば、私が直接門前払いをすればいい。今度からは私の手でジェレミーやオーウェン家のみんなを守るのだ。

「改めて家族と縁を切らせるような真似をしてすまない」

少ししょげた顔でジェレミーが言う。

いつも私の両親や妹を貶すけれど、若い頃に両親を失った彼だ、完全に縁を断つことに対して多少思うところはあるのだろう。

ジェレミーは、私のための最善は何かを常に考えて行動してくれる。だけど本当にそれが正しいのかとこっそり葛藤しているのを知っていた。彼はいつだって私の幸せを中心に考えてくれるのだ。

だけど本当に、もういらないのだ。ニーアに言ったことは強がりでも見栄でもない。産んでくれたことと最低限の衣食住を与えてくれたことには感謝しているけれど、それに見合う分はもう返してきたはずだ。

「私の家族はあなたとオーウェン家のみんなと、それにこの子だけよ」

ようやく膨らみ始めたお腹を撫でながら微笑む。

それを聞いてジェレミーは目を潤ませて笑みを浮かべた。

愛する人と支え合いながら、共に子を産み育てることができるのだ。これ以上の幸福はない。

もし本当に絶縁状がきたら、丁寧な返事を書くつもりだ。

縁切り上等、もう二度と貴方たちとは関わり合いにはなりませんと。

取り潰しになることをまだ知らない彼らは強気に出てくるだろう。

そのうちいろいろなことが立ち行かなくなって大いに困るだろうけれど、援助をする気はないし、私の知ったことではない。

だって私はもうブラクストン家の人間ではなく、ジェレミー・オーウェンの妻、ユリア・オーウェンなのだから。

番外編　ニーア・ブラクストンの顚末《てんまつ》

分厚いカーテンの隙間から朝陽が射して、眩しさにベッドの中で身じろぐ。

日の光に背を向けて再び眠りの世界に沈もうとした途端、ノックの音が聞こえて、思わず舌打ちが出た。

「ニーア様。お食事の時間です」

ブラクストン家に仕えるメイドの一人が、返事もしないうちにズカズカと私の部屋に入り込んでカーテンを開け放った。室内が一気に明るくなって低く唸る。

この馬鹿メイド。ちょっとは寝起きの私に配慮しなさいよ。

文句は喉から上に出る前に消え失せた。

どうせ言うだけ無駄だ。物心ついた頃からいるこいつは、私がどれだけ罵倒しようと冷たい目で見返すだけなのだ。少し前までは、若いメイドが入れ替わり立ち替わり私の世話をしていた。いつだってメイドは私の威厳に萎縮《いしゅく》して、私の美貌を称えていたというのに。最近はこいつの顔ばかり見ている気がする。

ため息を隠す気もなく盛大に吐き出して、のそりと起き上がる。

「早く支度なさいませ。ひどいお顔ですよ」

鼻で笑いながら言って、そのメイドは私が出たばかりのベッドのシーツを雑に引き剥がした。無礼極まりない態度にイラついて思い切り睨みつけるが、彼女は涼しい顔で部屋を出ていった。

二度目の舌打ちが部屋に響く。

前まではこうじゃなかった。かしずくメイドたちに優しく起こされて、ベッドの上で目覚めの紅茶を一杯飲む。それから数人のメイドが選んだドレスに着替えさせてくれて、メイクから何から整えてくれた。私はただ立ったり座ったりするだけで良かった。

だから一人で、自分の足で、ドレッシングルームに向かうのは惨めだった。

せめてもの気分転換に、今日はお気に入りのあのドレスを着よう。少しサイズアウトしてしまってしばらく着るのをやめていたけど、ちょっと無理をすれば着られるはず。うん、そうしよう。

思い立って少しだけ足取りが軽くなる。けれどその気持ちはすぐにしぼんでしまった。

見つからないのだ。大好きだったあのドレスが。明るいオレンジを基調にした、フリルたっぷりの、有名な工房に作らせた一番のお気に入り。

「ない、ない、ない……なんで？　どうして？　いつから？」

クローゼットの中をひっくり返すように探してみても見つからない。それどころか、全体的に見当たらないものが多い気がする。特に、最近あまり着ていなかったものを中心に。

「やあニーア。こんなところにいたのかい。化粧はいいから、服だけ着替えたら早く食堂においで」

「お父様……」

声をかけられて振り返る。目には涙が滲んでしまっていた。私の顔を見て、お父様はさぞ哀れに思ってくれることだろう。そんな期待があった。

「おや、どうしたんだい私の可愛い天使。泣きそうな顔をしているじゃないか」

「だっておかしいのよお父様！　私のお洋服が！　いつの間にかこんなに減ってしまっているの！」

泣きそうな理由を訴えると、お父様の目線がわずかに泳いだように見えた。

「それは……いや、勘違いではないのか？　私には前と変わらずたくさんあるように見えるが」

「そんなはずない！　オレンジのドレスが！　ピンク色のあれもないわ！　何年か前によく着ていた黄色いドレスも！」

「そ、そんなドレスあっただろうか……記憶違いということも……」

女性のファッションには疎いお父様だ、忘れてしまうのも仕方ないことなのかもしれない。けれど分からないで済ませてしまうには、あまりにも量が多いのだ。

「ちがうちがうちがう！　きっとあいつよ！　あの馬鹿メイドが盗んだのよ！　平民出のあのクソババア！　お金がなくて売り払ったんだわ！」

「こらニーア。汚い言葉を使ってはいけないよ」

「でも、だってお父様！　私の大切なドレスが！」

私の予想は絶対に正しいのに。

縋《すが》りつきながら訴えるけれど、お父様は困ったような顔をするばかりだ。

「今すぐあいつをクビにしてちょうだい。これ以上私のものが盗まれる前に」

「いや……だがその、そうだ、証拠もなくそんなことをしては……」

歯切れ悪く言って目を泳がせるお父様に眉根が寄る。

何かがおかしい。お父様は私の言うことならなんでも聞いてくれていたのに。このところずっとこんな感じだ。

今までは私が気に入らないと言えば、特に理由も聞かずに使用人をクビにしてくれた。実際、そのおかげで気に食わないメイドはどんどん減って、今では古株なんてあのメイドくらいだ。その後新しいメイドが補充されている様子がないのは、きっと次こそは私が気に入るように吟味してくれているせいだろう。

だから、あいつを辞めさせたくても辞めさせられないのだ。ムカつく女でも、いないよりはマシだから。一応あの女は仕事ができるらしいし、クビにするのは少し惜しいのかもしれない。

そう思おうとしてもやはりおかしい。具体的に何がおかしいのかはわからないが、使用人のことに限らず、お父様の態度が最近よそよそしい気がするのだ。

それに、朝食の席に遅れたからといって、お父様が直接私を探しに来るなんて。前までならそこらへんの暇そうな使用人にやらせていたはずなのに。

「……ほらニーア。見つからないなら別の服を着ればいいだろう。それより私はお腹が空いてしまったよ」

何かを誤魔化すようにお父様が苦笑を浮かべ、適当に手に取ったドレスを差し出しながら私に着替えを促す。

あまり好きではないドレスだ。

それは普段着とはいえ飾り気もなく貧相で、最近ではこんなのばかり着ている。材質も良くない。

国内情勢が悪化したとかで、最近はこんなものしか手に入らないのだとお父様が言っていた。買ってくださる頻度も明らかに減っていた。

国全体がそうなら仕方ないけれど、それにしてもグレードが下がりすぎだ。

あからさまに不満顔で受け取った私を宥《なだ》めながら、お父様は先に行って待っているよと言って、私の返事も待たずにドレッシングルームを出ていってしまった。

仕方なく自分で着替えて、せめて宝飾品で何とかしようと宝石箱を開けた。

ふと、気になって箱の中をじっと眺める。

変わった様子はない。よく使うアクセサリーを納めたこの箱には、お気に入りの指輪やらネックレスやらが綺麗に並んでいた。

けれど、他のはどうだろう。

もう使わなくなった、流行遅れのアクセサリーを入れた箱たち。デザインは古いが上等な宝石を使っていて、いずれ最近のデザインに作り替えようとしていたものがぎっしり詰まっているはずだ。

棚の上のほうを見上げる。置き場所は変わっていない。普段使わないから一番上。箱の数も変わらずにそこにある。なのにわけもなく胸騒ぎがして、中を確かめたかったが、手が届きそうになかった。

歯噛みして悔しがっても、すぐに私の意を察して手伝ってくれるはずのメイドは近くにいない。仕方なく諦めて、お気に入りのネックレスとイヤリングをして部屋を出た。

◇◇◇

「それでね、お父様ったらひどいのよ。その後も全然私の話を聞いてくださらないの。お忙しいのですって。もう、最近こんなのばっかり。嫌になっちゃうわ」

ブツブツと文句を言うと、夫であるレスリーが鬱陶しげに顔を顰《しか》めて着替えの手を止めた。

「お前なぁ、わざわざそんな愚痴言うために来たわけ？」

呆れたように言われてムッとする。

これは愚痴なんかではなく相談だ。

「違うったら。お父様がおかしいから何か心当たりがないか聞きたかったの！」

「おかしいねぇ……おかしいのはお義父上だけかねぇ」

鏡の前で身だしなみを整えながら、私のほうを見もせずに鼻歌交じりに言う。

レスリーは私とは正反対にご機嫌らしい。そのせいで余計イライラしてくる。

「ドレスが減ったのも食事の味が落ちたのも全部よ！　それくらい気付いているわ！」

馬鹿にしないでと憤慨して言うと、レスリーはチラリと私を見て鼻で笑った。

「ドレスね。そんくらいいいじゃん別に」

「それくらいって何よ！　ちっとも良くないっ」

ムスッとしながら言い返すと、身支度を終えた夫が大きな鞄に手を伸ばしながらため息をついた。

「若い頃のだろ？　どうせもう似合わないし、いらねーじゃん」

そう返されて黙る。

確かに今の年齢からすれば子供っぽいデザインかもしれない。それにもうだいぶ流行遅れだ。でもあの色は好きだった。発色のいい染料を使って、ふんだんに生地を使って惜しげもなく宝石が散りばめられていた。

レスリーは、私が大人の女性になったからあれでは派手すぎると言いたいのだろう。

それならば納得はできるが、それでも紛失したのであれば悲しいし、盗まれたのであれば大問題だ。

「そりゃあ今の私には少し若作りかもしれないけど……でも今似合うドレスを着たくても、安物のドレスばかりだしデザインもいまいちなのよね……なにしろ国内の情勢が悪化して、どこも手に入らないらしいじゃない？」

お父様には仕方のないことだと言われたけれど、新しいアクセサリーも手に入らないしつまらない。このままでは地味で色気のない、どこかの貧相な女と一緒になってしまう。

「国内情勢の悪化とか、ホントに信じてんのかよ」

嘲笑混じりに言われてレスリーを睨む。

悔しくて何か言い返そうとするが、その前に「まあいいさ」と強引に会話を打ち切られてしまった。

「そんじゃ立派な領主様になるために、悪化した国内情勢とやらの視察をしてまいりまーす」

軽い口調で、馬鹿にしたような薄ら笑いを浮かべながら出ていく。

腹立ちまぎれに、閉まりゆくドアに向かってクッションを投げつけたが、力が足りなかったのかぶつかることなく床に落ちていった。

視察なんて嘘っぱちだ。どうせ女のところに行くのだろう。それくらい分かっている。私は馬鹿じゃないのだ、愛人の存在なんてとっくに把握している。

だけど別に腹を立ててなどいない。こっちだってもうあの男への愛情なんてないのだから。

出会った頃は引き締まっていた身体は年相応に弛《たる》んで、額だって後退してきている。前は高位貴族なのに気取らない口調がワイルドで素敵、なんて思っていたけれど、今ではただ軽薄なだけだと理解している。

そもそも結婚を決めた時点で愛なんてなかった。

本当に愛していた人が私との身分差を知って、自分は相応しくないと身を引いてしまったから、仕方なくレスリーにした。それだって公爵家次男という肩書があったから選んでやっただけ。

他にも候補はいたけれど、レスリーが私のためなら婿入りだってしてやると、私への愛の深さを語っていたから。愛するあの人と結ばれなかった私の悲恋を嘲笑った、あの女への当てつけで結婚を決めた。偉そうに説教なんてしようとするから、何もかも奪ってやりたかったのだ。

そうだ、お姉様が全部悪いのだ。

こんな不幸な結婚生活も、手のつけられないほど乱暴者に育ってしまった息子も。

現状を憂いて改めて思う。

あのアバズレ。いつの間にか私のジェレミーに手を出しやがって。

私が最初に目をつけていた。貧乏貴族で天涯孤独のあの男。才能や手腕を見抜いてわざわざ私から声をかけてやったというのに。

私が見立てた通り侯爵にまで成り上がった彼の隣には、なぜか私ではなく冴えない姉が得意げな顔で立っている。

横取りされたのだ。あのクソ女め。奥手ぶりやがって汚い女。

ジェレミーが真価を発揮するに至ったきっかけは間違いなく私だ。私に見初められたから、釣り合う男になりたくて血の滲むような努力をしたのだろう。

それなのに。

彼の横で幸せそうに笑うあの女。「オーウェン家には二度と来るな」なんて底意地の悪い啖呵《たんか》を切りやがった勘違い女。腹が立つ。誰があんな女に会いになんて行ってやるものか。

だいたい、最初からあんな女に用はなかった。ジェレミーが会いたがっていると思ったから行ってやっただけだ。私はいつでも貴方を受け入れる準備はできていると。お互いこの結婚は間違いだったのだと。彼に分からせてあげるために。

なのにお姉様がいつも邪魔をする。汚い手で彼を束縛しているのだ。妥協とお情けで結婚してもらったことを良く理解しているから、なりふり構っていられないのだろう。

もうこの家には来るなですって？　ジェレミーを逃がさないように必死すぎて、いっそ笑えてくる。

私が欠席したパーティーに代理出席して、そこで出会ったのだと言っていたか。ならば今度は私が同じようにして取り返してやろうか。最近は安物のドレスが恥ずかしくてパーティーをサボってばかりいたが、気が変わった。ドレスが質素だろうと、歳を重ねて美貌と色香を増した私の前では、お姉様の束縛なんてもはや無意味だ。

必ずやその束縛を振り切って、ジェレミーは私のもとに戻ってくる。

そう確信して、あの二人が出席しそうなパーティをお父様に聞きに行くことにした。

◇◇◇

パーティに出るのは数年ぶりで、少しだけ緊張した。けれど華やかな雰囲気は私の心を浮き立たせ、足取りを軽くさせた。

レスリーは視察からまだ戻っていない。次期領主様はよほどお忙しいのだろう。

そう余裕をもって騙されてあげるくらいには機嫌が良かった。

「ではなニーア。私は少し用があるから行くよ。一人でも大丈夫だな？」

「えっ、でも」

代わりにエスコートしてくれたお父様が、早々に高位貴族たちのもとへ挨拶回りに行ってしまった。きっと優秀なお父様はいろんな方に必要とされているのだろう。

仕方ないとは思いつつも、取り残されて一瞬だけ途方に暮れる。

何年も社交界に顔を出さないうちに、貴族たちの顔ぶれや繋がりにもだいぶ変化があったらしい。以前だったら、何もしなくても私の周りに人だかりができていたのに。会場の真ん中で、私はぽつんと一人立ち尽くしていた。

ずいぶん久しぶりだから、皆気後れしてしまっているのかもしれない。

あるいは大人びたせいで、私が誰かわからないのかもしれない。

そう気付いて、少しは譲歩してあげようと自分から話しかけてみることにした。

幸い、知らない顔も増えていたが見知った顔も多い。中にはしつこく私に言い寄ってきた男もいたし、一度くらいは相手をしてやってもいいように思えてきた。

「ごきげんよう、皆様」

ワイングラスを手に近寄ると、その場で話していた数人の男性がこちらを見た。

「やあ……ええと、以前お会いしたことが？」

わざわざ名乗る必要もないだろうとあえて名前を言わないでいたら、男性たちは一様に困惑した顔を見せた。

「……ニーア・ブラクストンよ」

ここにいる全員が私に贈り物をしてきたことがあるくせに。知らないフリで私の気を惹こうとでも思ったのだろうか。あまりのわざとらしさに声が低くなる。

けれど最大の譲歩を見せても、男たちは驚いたように身を竦《すく》めた後で、ぎこちなく挨拶だけして早々に去っていってしまった。

なぜだろう、前とは態度がまったく違う。私が人妻になってしまったからだろうか。そんなこと気にしなくてもいいのに。夫も私も、結婚後も自由恋愛を楽しむことを認めているのだから。そういえば彼らの左手にも指輪があった気がする。なるほど、妻が怖くて臆したのね。どなたも器の小さいこと。夫の火遊びくらい、私みたいに静観するくらいの余裕を見せてほしいものだわ。

「あらあなた。ずいぶんお久しぶりねぇ？」

少し不愉快な気持ちになりながら、今度は何度か寝たことのある男に歩み寄る。彼なら妻に操立てするようなことはしないし、女性関係に口を出す女を嫌っているから大丈夫だ。

「やっ、やあ久しぶりだねニーア。キミだったのか。全然気付かなかったよ」

けれど彼は挙動不審に目を泳がせた後、挨拶もそこそこにすぐに別の令嬢のところへ行ってしまった。

そんなことを繰り返すうちに、胸の中がもやもやとしてきた。

おかしい。何もかもが上手くいかない。前はこうじゃなかった。私とおしゃべりしたくて仕方ない男共を蹴散らすのが大変だったのに。しばらく社交界から離れていた間に、一体何があったのだろう。

「あら、ニーア様じゃなくて？」

落ち込んで肩を落としかける私の背中に、聞き覚えのある声がかけられた。

「……あら、しばらくぶりですわ」

見覚えのある女だ。私より少し年上の。どこだったかのご令嬢。名前は忘れた。

確か彼女とお付き合いしていた男性が私を好きになってしまって、一度だけ寝たことがあったように思う。良くあることだったから、その彼氏が誰だったかももう覚えていない。

とにかく彼女はそんな些細なことで私を執拗に敵視していて、辟易していた記憶がある。

「ずいぶん長いことお見かけしなかったものですから。何かご病気かと心配いたしておりましたのよ」

「残念ながら健康そのものよ」

呼んでもいないのに、取り巻きのような女性たちを引き連れて近付いてくる。

男性と違って、女性陣は私の美貌を前に自信喪失し萎縮《いしゅく》して、私と並びたくないとばかりに逃げていったのに、今日は逃げないどころか自分から寄ってくるらしい。

それどころか私の全身をじっくり眺めた後で、嘲笑を滲ませた表情になった。

「そのようですわね。安心いたしましたわ」

「ええホント」

「健康的なお顔とお身体にドレスが負けてしまっていますもの」

取り巻きの女性たちがさざめくように同意しながらくすくす笑う。

なんだかものすごく腹立たしいけれど、言い返すことはしなかった。

確かに安っぽくてダサいドレスだし仕方ない。だけど私の美しさを引き立てられるようなものは手に入らないのだ。そう思いかけてふと気付く。目の前の女性たちのドレスはどれも煌びやかで豪奢、それにデザインも先進的で生地も上等なのだ。

どういうことなのだろう。混乱する私に、彼女たちはますます醜悪な嘲笑を投げかけてくる。

「本当に、ニーア様ったらずいぶんふくよかになられて」

「なっ……！」

どこでそのドレスを手に入れたのか問うより先に、厭味混じりに言われてカッと頬が赤くなり、思わず俯《うつむ》く。

最近、確かに少し肉付きが良くなった自覚はある。だけどあくまでも少しだけだ。こんな厭味ったらしく指摘されるほどではない。

「あら、でも細いままのところもありますわ」

リーダー格の女に、反論するように別の女が朗らかに言った。馬鹿女共の中にも少しはマシなのがいるらしい。

そうよ腕とか足とか細いままでしょとパッと顔を上げ、フォローしてくれた女のほうを見る。

彼女は楽しくて仕方ないという顔で言った。

「ほら、お胸のあたりとか」

完全に馬鹿にした口調に、周囲にいた女性たちがドッと沸いた。

あまりの屈辱に身体が震えた。けれど言い返すには敵が多すぎる。以前ならそれでも傲然《ごうぜん》と反論できていたが、こんな安物のドレスとメイクでは戦えそうもない。

再び俯《うつむ》く私に、容赦のない嘲笑が浴びせられた。

「あら、オーウェン家ご夫妻がいらっしゃったわ」

なんとか言い返そうと言葉を探していると、トーンの高い声が少し離れたところから聞こえた。

その名前にぴくりと耳が反応する。

私を馬鹿にしていた女性たちも、つられたようにそちらへ視線を向けた。

「まあ素敵……」

「相変わらず仲睦まじくて……」

「ユリア様、またお美しくなられたのでは？」

羨ましげな女性たちがうっとりと呟く。その声に、私に向けたような意地悪な響きはまったくない。

「二児の母とは思えないプロポーションですわ」

「シンプルなデザインのドレスがアイスシルバーの髪に良く似合ってらっしゃって羨ましい」

「あらでもあれ相当お高いわよ」

「間違いありませんわ。ご覧になってあの上品な光沢を。値段を想像しただけで眩暈《めまい》がするようですわ」

「ちょっと、はしたないわよあなたたち」

「でもそれも当然ね。オーウェン卿の奥様への溺愛ぶりは周知の事実だもの」

「私もあんなふうに愛されたいわぁ」

「無理無理。あなたではユリア様ほどの美貌と知性には到底足りないし」

「わかっていますわ意地悪ね。その言葉そっくりお返しさせていただきます」

「はいはい喧嘩しないの。ユリア様には私たちが束になったって敵わないのよ」

仲が良いのだろう、リーダー格の女と遠慮のない言い合いをした取り巻きたちが、諦めと羨望の滲んだため息を同時についた。

ムカつく。

ムカつくムカつくムカつく。

あんな女、全然大したことないじゃない。どれだけ着飾ったって所詮お姉様はお姉様よ。中身は貧相でみすぼらしくて地味でつまらない女なのに。

目の前の女たちにそう言ってやろうと顔を上げて、同時に視界に入ったお姉様を見て言葉を失う。

そこには洗練されたドレスに身を包み幸せそうに微笑む、かつて私の姉だったものがいた。

「そんな……嘘でしょう……？」

それはブラクストンの家の片隅でひっそり生きていた頃とはまるで別人だった。いいやオーウェン家の執務室で、質がいいだけの地味な服を着ていた彼女とも。

「……あ、あんなの、ドレスがいいだけ……」

それでもなんとか絞り出した悪態は、情けなくも掠れてまともな言葉にならなかった。

そうよドレスがいいだけ。ずるいじゃない。あんなの着たら誰だってそれなりに見える。私だってあのドレスさえ手に入ればもっと。

私の小さな声を聞き取ったのか、リーダーの女が私を振り返った。

そして私の頭からつま先までを改めて眺めまわした後で、取り巻きたちと顔を見合わせて小さく

笑った。

「そう、ね」

あからさまな嘲笑を浮かべて肩を竦《すく》める。

「ドレスさえあれば、まあ」

「多少はマシに見えるかも？」

取り巻きたちが心得たように後に続いた。

「ま、あのドレスを買えたらの話ですけど」

「今のブラクストン家には、そのふくよかな体形が少しはマシに見える、上等なデザインのドレスなんて難しいでしょう」

「昔のドレスはもう入らないから売ってしまったのですって？」

「ええ⁉　ドレスを売るほど逼迫《ひっぱく》なさってるの？」

やだぁ、そんな状況耐えられなぁい、とわざとらしく同情的な声と表情が飛び交う。

だけど彼女たちが何を言っているのか分からなくて、思わず眉間にシワが寄った。

「……はぁ？　何を言っているのよ……？」

「隠さなくてもよろしくてよ。言ってくだされればよかったのに。今日だって金策のためにいらしたのでしょう？」

女が同情するように言った後、ちらりと視線を向けた先にぺこぺこと頭を下げるお父様がいた。

それはひどく情けなく、滑稽な姿だった。

「すっかり有名ですものね。ブラクストン家の財政難」

「近頃の噂の的でしたわね」

「困った時はお互い様ですもの。うちからもいくらか援助するよう、父に頼んでおいてさしあげますわ」

「娘の持ち物にまで手をつけるとあっては、余程のことでしょうし」

「アクセサリーもずいぶん減ってお困りでしょう？　もう使わないネックレス、恵んでさしあげましょうか」

「あらそれじゃ私も。古い指輪、もうダサくてつけないし、売るのも貧乏くさいし、処分に困っておりましたの」

「そうね。最近の流行には合わないけど、ニーア様の前時代的で庶民にもお手頃価格のドレスにはぴったりかも」

彼女たちは畳み掛けるように厭味を言ってせせら笑う。その声に、表情に、頭が真っ白になっていった。

「なによそれ……、嘘よ、そんなの」

「あら嘘じゃありませんわ。確かな情報でしてよ」

「だ、だれがそんなことっ」

「あなたのおうちの元メイドさん、かしら」

「はぁ!?　どいつよ！　誰がそんなデマカセを！」

辞めた後でデタラメをバラまくなんてとんでもない女だ。高い給金をもらって散々良い思いをしていたくせに。その恩を仇で返すとは。どうせ辞めさせられた腹癒せかなにかだろう。とんだ逆恨みだ。自分たちが無能なのが悪いのに。

「誰って聞かれても、ねぇ？」

「ほとんどの方が言っていたそうよ。あそこには未来がないから辞めてきた、って」

「ロクに給金も出さなくなっていたみたいじゃない？」

「それは辞めたくなる気持ちも分かるわ。さっさと別のお屋敷に移ったほうが賢明よ」

口許を扇で隠しながら、くすくすと悪意に満ちた笑みを交わし合う。

あまりの屈辱に怒鳴りつけてやりたかったけれど、反論の言葉は出てこなかった。

「それにしてもブラクストン家の凋落《ちょうらく》ぶりは見事ですわ」

「まるでお芝居の悪役の末路みたいよね」

「ユリア様がお嫁にゆかれてからでしょう？」

「ご当主様、領内のことすらロクに把握されていなかったって伺ったわ」

「それなのにニーア様に継がせるとか……」

見下すような視線が私に集まる。私が継ぐことの何が悪いというのか。あのお姉様にだって務まっていたのだ、領主の仕事くらい私にだって簡単なはずだ。

「いかにご当主の見る目がなかったかが分かるわよね」

「領主としての能力のなさもね」

お父様は賢明な判断をされたのに、なぜこんなふうに言われなくてはならないのか。こんな頭も性根も悪い女たちにバカにされるいわれはない。

反論したかったけれど、なぜか言葉になってはくれなかった。

「ご結婚までの数年は、ぜぇんぶユリア様が采配を振るってたらしいじゃない？」

「ご本人は謙遜して否定してらしたけど」

「奥ゆかしい方よね」

「オーウェン卿が全部暴露して台無しにされていましたっけ」

「ユリア様の有能ぶりを知らしめたかったのでしょうね」

「かわいいお方だわ」

ふふ、と微笑ましげに言い合って、それから再び私に視線を向ける。

「……せめて妹君にユリア様の十分の一でも才覚があれば」

「あら、無能でもせめて人望があれば使用人たちに見捨てられなかったと思うわ？」

「人望も統治の手腕もなくて、唯一の長所であった美貌まで急激に衰えて」

「お肌はガサガサ、髪もゴワゴワ。人間、ここまで変わるものなのねぇ」

「安い物ばかり食べているからでしょう。お可哀そうに」

無遠慮に笑い、もはや隠す気もなく侮蔑と嘲笑の言葉を投げつけてくる。

「な、なによなによ！　あんたたちなんて、いっつも私の引き立て役だったくせに！」

「ぷっ、いつのお話かしら。もしかして、あなたが十代で若さに胡坐《あぐら》をかいて威張り散らしていた時？」

「股を開いて従わせた男たちを侍らせて得意顔、も付け足してさしあげて」

「それって何年前のことですの？　いつまで過去の栄光に縋《すが》ってらっしゃるのかしら」

「あなたなんてもう怖くもなんともありませんのよ。いいことニーア。今この場所において、あなたは誰よりみすぼらしくてみっともなくて惨めなの。ほらごらんなさい。あなたが下品に騒ぎ立てるのを、みんなが笑ってる」

そこでハタと気付いて周囲を見回す。その女の言う通り、ほとんどの視線が私たちに向けられていた。

興味本位、好奇心、嘲笑、冷笑。

勝ち誇ったような目や呆れたような目。

ヒソヒソ囁き合う意地の悪い声。

みんな知っているのだ。ブラクストン家の現状を。知っていて私の言動を面白がっている。

知らなかったのは私だけ。

いいや本当は知っていた。ただ見ないふりをしていただけ。

お父様にお願いしてもいないのに減っていく使用人たち。手が足りなくて薄汚れていく屋敷と荒れていく庭園。安物で脂身ばかりの肉を使った不味い食事。

私のドレスも宝石も、きっとお父様が売ったのだ。

それもブラクストン侯爵家の財政を立て直すためにではない。ただ自分の生活の質を落としたくないがために。

それすら間に合わないくらいにブラクストン家は落ちぶれている。

国内情勢の悪化なんて大嘘だ。情勢が悪化したのはブラクストン家だけ。

「…………嘘よ」

ぽつりと呟く。

周囲の目から、みすぼらしいドレスを隠すように自分の身体を抱きしめてしゃがみ込む。

「嘘よ嘘よ嘘よ！　そんなの絶対信じないいんだからぁ！」

助けを求めてお姉様を探す。

お姉様ならきっと私を助けてくれる。今までずっとそうだった。何でもかんでも私に差し出して、全部私の望むようにしてくれたお姉様なら。

さっきまでいた場所にその姿は見えない。だけどきっとどこかで私を見ている。みんなにいじめられて可哀想な私を。

そうして駆け寄って手を差し伸べてくれるのだ。

かわいそうなニーア。私のものを全部あげる。ドレスも、宝石も、ジェレミーも。

うずくまって、その優しい手を泣きながら待った。

けれど、いつまで経ってもその瞬間は訪れなかった。

◇◇◇

「と、こんな感じで盛大にやらかして以来、お屋敷の自室に引きこもっているそうです」

「なるほど。ま、そのお屋敷もいつまであるか分かったものじゃないけどね」

「………」

「報告ありがとう、ハンナ」

大して嬉しそうでもなく、旦那様は淡々と私に礼を言った。

旦那様の執務室には、ジェレミー・オーウェンその人と私しかいない。

彼は私が淹れた紅茶を美味しそうに飲んで、小さく嘆息した。そこに微かな達成感が含まれているのを私は見逃さなかった。

あのパーティの日の顚末《てんまつ》を、ユリア様は知らない。先にニーア様の存在に気付いた旦那様が、さっさと彼女が視界に入らない場所まで連れ出したからだ。

本当に、そつがないというか抜け目がないというか。

ユリア様を気遣うことに関しては、悔しいけれど旦那様の右に出るものはいない。

「ちなみにブラクストン家の現状は？」

「没落まっしぐらです」

「ふぅん」

手元の書類に視線を落としたまま気のない返事をしているが、心なしか口許が綻《ほころ》んで見える。今この場に私がいなければ、鼻歌でも歌い始めていたかもしれない。

「……細工は流々《りゅうりゅう》、でしたか」

「後は仕上げを御覧《ごろう》じろ？　いきなり何の話かな」

ようやく視線を上げた旦那様は、面白そうに目を細めると頬杖を突いた。

分かりやすくしらばっくれたジェレミー・オーウェン侯爵様。彼に仕えて久しいが、腹の内は相変わらず真っ黒だ。だけど案外私はこの人のことを気に入っている。もちろんユリア様の次に、だけど。

「いいえ別に。ただ、ブラクストン家の衰退が予想よりずいぶん速いなと思っただけです」

「人生ってのは何が起こるかわからないよね」

「ええ本当に。陰日向なく暗躍される方がいらっしゃったなんて夢にも思わないでしょうね」

普段は私たちメイドがどれだけ失礼な態度を取ろうと、激昂するどころか楽しむほどの大らかさと余裕があるのに。ユリア様に悪意を向ける人間には容赦がないところなんか特にいい。非常に共感できてしまう。

「やだなぁ、表立っては何もしてないよ？」

「ということは裏でチクチクはやってたってことですね？」

言葉尻を取って問うと、旦那様はにこりと笑って小首を傾げて見せた。まったく可愛くはない。

その無言の肯定に「やはり」と思う。

そもそも興味がないのなら放っておくはずだ。ユリア様のいないブラクストン家など、なんの脅威にもなりえないのだから。今はまだ統合に向けて水面下で動いているだけだけれど、いずれブラクストン家が取り潰しになるのはもはや決定事項だ。

それなのにわざわざちょっかいをかけるなんて。執念深いにも程がある。

「私たちの情報が役に立ったようで何よりです」

ため息交じりに言って苦笑する。

ブラクストン家の窮状についての情報源は、主にブラクストン家の元使用人たちだ。分かりやすく贔屓《ひいき》されているニーアにおもねって媚びていた者たちではない。あくまでも保身のために中立の立場を守って働いていた、けれど心情的にはユリア様派だった者たちだ。

彼らはユリア様が家を出た後、明らかにやる気をなくし、ニーアの我儘や当主夫妻の無能ぶりに辟易していた。もともと私たちとも仲の良かった従業員たちだ、情報を聞き出すのは容易《たやす》いことだった。

家が傾いていることや貴金属類を売りに出していることも。婿入りしたレスリーが順調に高級娼婦のヒモと化していることも。

全部ブラクストン家の元使用人たちを通じて得た情報だ。

彼らに同情するふりで、社交界にブラクストン家の噂を流すように仕向けたりもした。もちろん直接そうしろと指示されたわけではないが、探りを入れさせるついでに旦那様がそれを望んでいるだろうことは簡単に予測できたからだ。

まぁそんな示唆がなくても、ユリア様のために率先してやっていたと断言できるが。そのうえで、旦那様は私たちの知らないところでブラクストン家をつつき回しているのだろう。

社交界の顔ぶれが変わってきているのも、おそらく旦那様の人心掌握術によるところが大きいに違いない。

「疑わしい目を向けられて悲しいよ。そもそも、何もしなくてもあの家は勝手に自滅するとは思わないのかい」

「思います。思いますけどそのスピードが速すぎるんですって」

もともと先代当主までの手腕で成り立っていた家だ。その前の当主ももちろん素晴らしい領主だったと聞く。しかしユリア様の父君である現当主はダメだ。全然使えない。だけど残念ながら跡継ぎにできる子供は彼しかいなかった。そうして先代当主は不幸にも短命だった。

世継ぎに恵まれず、侯爵家を継ぐ人間があの男しかいなくてさぞ不安だっただろう。無念だっただろう。

「確かにブラクストン卿はどこに出しても恥ずかしいボンクラでした。跡を継いでからは徐々に傾いていったと聞いています」

「それをまだ十やそこらのユリアが立て直していった」

「幼き時分から聡明なお嬢様でしたから。お仕事を手伝うようになってからメキメキと才覚を発揮していましたわ」

旦那様と私が揃うと、ユリア様への称賛が止まらなくなるのはいつものことだ。そして自分たちから歯止めを利かせようという気にもならない。アニーとジェマもユリア様を大好きではあるけれど、たぶん私とは方向性が違う。

彼女たちがユリア様に向ける感情はカラリとしていて明るい、敬愛とか親愛とかそういったものだ。対する私は、形容するのは難しいけれどもっと情念じみた執着があるように思う。

そういう点で、私は旦那様に深く共感を覚えてしまうのだろう。彼の使う手口を真似るのに抵抗が無くなってきたのも、そのせいかもしれない。完全に良くない影響を受けているのは分かっているけれど、そういう自分が案外好きだった。

「痛ましいことだ。努力と才能が仇になるなんて」

「奥様も似たり寄ったりのポンコツでしたのでね。類は友を呼ぶというか、似たもの夫婦というか。無能二人が優秀な娘にコンプレックスを刺激されていびるなんて、よくある話です」

「それで自分たちと同じくらい無能な妹ばかり可愛がるのもよくある話だな」

ため息交じりに言って、なんてことないような顔をしているが、その腹の内には恨みに塗れた怨念を募らせているのを知っている。

「そんな優秀な娘が嫁いでもう十年だ。没落は自明の理。そうだろう?」

愛する妻を虐げた元家族たちを、最後のその瞬間まで掻き回したいのだろう。まだまだ追撃の手を緩める気はないらしい。

涼しい顔の下で、どう料理してやろうか画策している旦那様を見てため息が出た。

「……見た目は穏和そうですのに、旦那様は案外アグレッシブな方ですよね」

「目障りなハエをさっさと退治したくなるのは普通だろう？」

破れたオブラートに包んで言えば、もはや隠す気もない旦那様が雑な暗喩でにこりと笑う。初対面の頃はともかく、今は彼のこういった物言いは嫌いではない。ユリア様の前では極力控えようとする点も悪くない。

明かすべきところと隠すべきところを見極めるのが上手いのだ。

ユリア様に見せている汚い部分なんて氷山の一角にすぎない。けれどそれをあえて見せることで、ユリア様が探ろうとするのを防いでいるのだ。もちろんそれは旦那様自身のためではない。それらの手段が失敗したとき、知ってしまったことでユリア様が巻き込まれてしまうことを恐れているのだ。

だいたいこれまでのことだって、ユリア様に隠し通せなくなるくらい頻繁に王都に通っていた時点で、裏で何か画策していたことなんて明白だ。格上げのための功績アピールやちょっとした根回しくらいだったら、この人はもっとスマートにやれるはず。きっとユリア様には聞かせられないようなえげつない手を使って、各方面の弱みを握ってほとんど力技に近い形で統合と陞爵《しょうしゃく》を勝ち取ったのだろう。ユリア様の評された「一石二鳥」なんかでは足りないくらいの鳥たちに、地に落ちる危機感を抱かせたはずだ。

それが失敗に終わった時、逆恨みや仕返しの矛先がユリア様に向かわないように、細心の注意を払いながら。

「私、旦那様のこと結構好きですよ」

「困ったな。私にはユリアという最愛の妻が」

恋愛感情じゃないことなんて分かり切っている旦那様と軽口を叩き合う。

正直なところ、ユリア様はもっと穏やかで真面目で誠実かつ有能な男と結婚するものだと思っていた。生まれ持った家族に恵まれなかった分、ご自分で築き上げる家庭はきっと慎ましくも温かいものになってほしいと願っていたのに。

慎ましさとも誠実さとも無縁の男が張り巡らせた罠に、自ら飛び込んでいったユリア様。その選択は、もう間違っていたとは思えない。

本当に、人生というのは何が起こるか分からないものだ。


会話が途切れたところで、ノックの音が聞こえて振り返る。

「どうぞ」

旦那様が短く言うと、ドアが開いた。

「忙しいところ悪いのだけど、ちょっと聞きたいことが……あらハンナ、お話し中だったのね。邪魔してごめんなさい」

すぐに私の存在に気付いたユリア様が、申し訳なさそうな顔をする。

近頃ますます美しくなって、ブラクストン家で寂しそうに微笑んでいた頃とは見違えるようだ。

「いいんだ。報告を受けていただけだから」

「ええ。邪魔というなら今この瞬間ユリア様とのお話に割り込んで来た旦那様のほうです」

「ひどい言い草だな」

旦那様は苦笑する。

本来ならたかが使用人がこんな態度を取ればすぐにクビにされるだろう。

けれど旦那様は寛大だ。というかかなり変わった人だ。重ねて言うなら相当の変態でもある。

ユリア様のお側にいたくてオーウェン家に仕えることにした以上、旦那様に礼儀を尽くすべきだというのは分かっている。尊敬の念が芽生えた今なら尚更だ。分かってはいるのだけど、第一印象が第一印象なだけに改善はなかなか難しい。

それでもメイドとしてのプライドで、正式に勤務する初日になんとか体裁を保った。そんな私たちに、彼は「気持ち悪いから今まで通りにしてくれ」と心底嫌そうな顔で言い放ったのだ。

元からオーウェン家に仕えている使用人たちも割と砕けた態度で旦那様に接しているので、このお屋敷はそういう家風なのだろう。ありがたいことだ。

「なぁに？　また二人で悪だくみ？」

そう言って笑いながら、ユリア様は持ってきた書類を旦那様の机に置いた。彼女は私たちが仲良くしているのが嬉しいらしい。

「心外です。腹黒くてあくどいことを考えるのはいつだって旦那様お一人です」

「それこそ心外だ。法に触れるようなことは一切していない」

胸を張って応える旦那様に、ユリア様が楽しそうに笑い声を上げる。

正直、法スレスレというか、なんならバレていないだけでばっちり触れているのだけど。バレるようなヘマする人ではないし、その辺は上手くやっているのだろう。

旦那様がいくら隠そうとも、きっとユリア様もそれに気付いている。

「あなたに害が及ばないなら何も言わないわ」

けれど旦那様が言わない以上は深く追及もしないし、正義感を振りかざして批判するような浅薄な人でもない。基本的に善人ではあるが、旦那様との出会いをきっかけに、大切なものを守るために清濁併せ呑むことを良しとした。

もちろん自分から不正を働くことはないけれど、旦那様が何かやらかしてお縄についたとしても、共に罰を受ける覚悟がある。むしろ万が一旦那様の悪事が露呈したときには、自ら進んで罪をかぶりにいくはずだ。

だからこそ私はユリア様まで巻き込まれることがないように、共感はすれどもチクチクと旦那様に忠告を繰り返しているのだ。

彼は穏やかでも真面目でも誠実でもないが、ユリア様への愛だけは誰にも負けない。それは時に狂気を感じるほどに。

実のところ、それさえあればユリア様は十分に幸せなのかもしれない。

一度、なぜ執務室を同じ部屋にしないのかと聞いたことがある。ユリア様は大いに照れながら、「しょっちゅう見つめ合ってしまって仕事にならない」のだとおっしゃった。

オーウェン家に来てからよく見られるようになった表情だ。

彼女は歪ながらも膨大な愛を、素直に受け止めて満足げに微笑む。

旦那様は目障りなハエという名のブラクストン家を、ユリア様のためにさっさと排除したいのだ。少しでもユリア様の御心を癒せるように。この微笑みを守れるように。

けれど私は思う。

たぶんユリア様はブラクストン家などどうにどうでも良くなっていて、オーウェン家をますます発展させることと、旦那様への愛を育てることしか考えていない。過去のことなど、彼女の中ではすでに決着がついているのだ。

それでも旦那様のやることを止めようとしないのは、その行動が、その愛の重さが、嬉しいからなのだろう。

案外、ユリア様も面の皮が厚いというか逞《たくま》しいというか。

そういうところも好きだ。ある意味お似合いの二人と言える。

「あ！　母様みっけ！」

「みっけ！」

予告なくドアが再び開いて、幼い声が飛び込んでくる。

「あらダメよ。お父様のお部屋に入るときはノックしなくては」

突進するように走り寄ってくる少年を柔らかく受け止め、その後に続くまだ足取りのおぼつかない少女をそっと抱き上げる。

窘《たしな》めるように言っても、その声はどこまでも優しい。

「だって母様、お仕事終わったのでしょう？　お仕事のお部屋から出てくるのが見えました」

「おにわからみえたの」

「外はいいお天気です。一緒にかくれんぼをしましょう」

「とうさまもあそぶ？」

キラキラした目で見上げる少年に、ユリア様が困った顔をする。

仕事を終えたからではなく、仕事の質問をしに来ただけなのだ。もちろん遊ぶ時間ではない。侯爵家に格上げされてからこっち、ようやく状況は落ち着いてきてはいるが、まだまだやることは山積みだ。

「母様たちはまだお仕事中だよ」

助けを求めるようなユリア様の視線を受けて、旦那様が苦笑しながら言う。

「だから諸君にも仕事を与えよう」

「お手伝いですか!?」

難しい顔で無茶なことを言う旦那様に、少年が目を輝かせた。遊ぶよりも両親の役に立てることのほうが嬉しいのだろう。利発な顔立ちは、ユリア様の幼い頃によく似ている。

「父様と母様を庭に連れ出し、かくれんぼをして仕事の疲れを癒すこと！」

「やったぁ！」

きゃあっと歓声を上げる二人を、ユリア様の腕から抱き上げて、片付けもそこそこに部屋を出ていってしまった。

「母様も早く！」

「はやくぅ！」

「こらこら、あんまり急かすんじゃないよ」

閉まりゆくドアの隙間から、楽しげな三人の声が響く。

意外なことに、旦那様はお子様二人を殊の外可愛がって大切にしている。正直、ユリア様を独り占めできなくなることに対して苛立ったりいじけたりするものだと思って、少し危惧していた。ブラクストン家の二の舞になるのではないかと。

しかしそれは完全なる杞憂に終わった。

旦那様曰く、愛するユリア様と同じ成分が半分も入っていて、可愛くないわけがないらしい。

成分とか言わないでください気持ち悪い、と思わなくもなかったが、というか実際気持ち悪いですとはっきり告げたが、とにかく目に入れても痛くないくらいの可愛がりようだ。

おそらく、成分云々も本音ではあるだろうが、なによりユリア様が大切に思っている家族だから旦那様も大切にしたいのだろう。彼はどんな時もユリア様最優先なのだ。

それにしても、この山積みの書類はどうする気だろうか。

呆気にとられて横目にチラリとユリア様を窺い見れば、呆れたような困ったような微苦笑が浮かんでいた。

「さぁ、それでは私たちも庭に向かいましょうか」

開き直ったのか覚悟が決まったのか、明るい声でユリア様が私に言う。

その表情には、見間違えようもないほどの幸福が滲んでいた。

大好評発売中！

人生どん底の令嬢は、
最強の竜の番
になりました。

風変わりな目がコンプレックスの伯爵令嬢・リオン。両親を亡くしてからというもの、その目を義理の家族に嘲られて、ずっと虐げられていた。さらに、婚約者の第一王子を義妹に奪われ、国外追放を告げられる。「――誰か、助けて」そう呟いた瞬間、リオンの前に美しい孤高の竜王・ラキスが現れる。強大な魔力を持つラキスはリオンを“愛しい番”と呼び、救い出してくれて――？

アルファポリス 漫画　検索

Webにて好評連載中！

ISBN：978-4-434-31359-2　B6判／定価：748円（10%税込）

自称 悪役令嬢な妻の観察記録。
1
VOLUME ONE
RC Regina COMICS
シリーズ累計
167万部突破!!
(電子含む)
原作＝しき
漫画＝蓮見ナツメ
Presented by Shiki & Natsume Hasumi
アルファポリスWebサイトにて
好評連載中!!
＼どたばたラブコメファンタジー／
待望の続編!!
『悪役令嬢』を自称していたバーティアと結婚した王太子セシル。楽しい新婚生活を送っていたところ、バーティアの友人・リソーナ王女から結婚式のプロデュース依頼が舞い込んだ。やる気満々のバーティアをサポートしつつシーヘルビー国へ向かったけれど、どうもバーティアの様子がおかしい。すると、バーティアが
「私、リソーナ様のために
代理悪役令嬢になりますわ!!!」
そう宣言して——!?
悪役令嬢の大先輩である私が
代理悪役令嬢
になりますわ!!!!!
大人気どたばたラブコメファンタジー待望の続編!
大好評発売中!!
アルファポリス 漫画 検索
B6判／各定価：748円（10%税込）／ISBN：978-4-434-31029-4

アルファポリス
Webサイトにて
好評連載中！
RC
Regina
COMICS
原作 園宮りおん
漫画 上原 誠
元獣医の令嬢は
婚約破棄されましたが、
もふもふたちに
大人気です！
1〜3

大好評発売中！
ピンチを救う鍵
新たに目覚めた聖女の力！

この作品に対する皆様のご意見・ご感想をお待ちしております。
おハガキ・お手紙は以下の宛先にお送りください。

【宛先】
〒150-6008 東京都渋谷区恵比寿4-20-3 恵比寿ｶﾞｰﾃﾞﾝﾌﾟﾚｲｽﾀﾜｰ 8F
（株）アルファポリス　書籍感想係

メールフォームでのご意見・ご感想は右のＱＲコードから、
あるいは以下のワードで検索をかけてください。

アルファポリス　書籍の感想　検索

ご感想はこちらから

本書は、「アルファポリス」（https://www.alphapolis.co.jp/）に掲載されていたものを、改稿、加筆のうえ、書籍化したものです。

妹《いもうと》が「いらない」と捨《す》てた伯爵様《はくしゃくさま》と結婚《けっこん》したのに、
今更返《いまさらかえ》せと言《い》われても困《こま》ります

当麻リコ（とうま りこ）

2023年 2月 5日初版発行

編集－大木 瞳・森 順子
編集長－倉持真理
発行者－梶本雄介
発行所－株式会社アルファポリス
〒150-6008 東京都渋谷区恵比寿4-20-3 恵比寿ｶﾞｰﾃﾞﾝﾌﾟﾚｲｽﾀﾜｰ8F
TEL 03-6277-1601（営業）03-6277-1602（編集）
URL https://www.alphapolis.co.jp/
発売元－株式会社星雲社（共同出版社・流通責任出版社）
〒112-0005 東京都文京区水道1-3-30
TEL 03-3868-3275
装丁・本文イラスト－ココユコム
装丁デザイン－AFTERGLOW
（レーベルフォーマットデザイン―ansyyqdesign）
印刷－中央精版印刷株式会社

価格はカバーに表示されてあります。
落丁乱丁の場合はアルファポリスまでご連絡ください。
送料は小社負担でお取り替えします。

ISBN978-4-434-31523-7 C0093